KB248183

100문장으로
쓰고 배우는

청소년
필수 고전

박균호 지음

100문장으로
쓰고 배우는

청소년
필수 고전

그래도봄

고전을 따라 쓰며
나를 이해하고 삶도 다듬어요

청소년들은 공부와 진로, 인간관계와 가족 문제 등 다양한 고민을 안고 살아갑니다. 미래에 대한 불안과 스스로에 대한 기대가 겹치면서 마음이 많이 흔들리곤 하지요. 이럴 때 필요한 것은 앞서 살았던 사람들의 생각을 빌려 자신만의 답을 찾아가는 힘을 키우는 일입니다. 언어나 풍습은 달라도 고전 속의 삶을 들여다보면 지금 우리의 모습이 겹쳐 보입니다. 오래전 사람들도 친구 관계, 진로, 삶의 방향을 두고 지금 우리처럼 고민했을 테니까요. 그래서 고전 속 문장은 세월이 흘러도 여전히 우리를 더 나은 선택으로 이끕니다. 또한, 새로운 생각의 문을 여는 열쇠가 됩니다.

고전을 가까이 두는 가장 좋은 방법은 문장을 읽고 손으로 베껴 쓰는 것입니다. 즉, 필사(筆寫)입니다. 그런 의미로 이 책에서는 고전을 직접 읽고 써 보며 배운 내용을 자기 생각과 언어로 확장하도록 돕습니다. 청소년이 일상에서 마주하는 구체적인 고민(공부의 방향, 진로의 선택, 친구 관계의 어려움, 가족과의 갈등 등)에 실제적인 도움을 주기도 합니다. 고전을 다시 읽고 손으로 옮기는 과정에서 학생들은 그 문장 속에서 자기 문제를 비춰 보고 스스로 답을 찾아갈 수 있습니다. 한 문장을 곱씹으며 쓰는 동안 작품의 맥락을 이해하고, 고전의 생각을 오늘의 삶과 연결하게 됩니다. 그 과정에서 사고력과 문해력이 자라고 세상을 바라보는 눈이 한층 깊어집니다.

이 책은 최신(2022 개정) 교육과정 교과서에 수록된 필수 고전 33권에서 핵심 문장 100개를 뽑아 구성했습니다. 학교는 물론 가정에서도 쉽게 활용할 수 있도록 '하루 한 문장 100일 완성'을 목표로 합니다. 교과서에서 다룬 고전은 학생들이 반드시 배우는 공통의 작품으로 학습의 기초를 탄탄하게 다져 줍니다. 이러한 작품을 읽고 쓰며 다시 만나면 내용에 대한 이해가 깊어지고 오래 기억하게 되며 스스로 사고하고 표현하는 힘이 자라납니다.

이 책은 여기에 그치지 않고 '생각해 보기'와 '오늘의 미션' 코너를 두어 고전의 문장이 생각과 언어로 자라나도록 합니다. 학생에게는 스스로 생각하고 실천하는 힘을 기르는 연습이 되고, 교사에게는 정규 수업과 독서 활동, 진로 지도의 편리한 부교재가 되며, 학부모에게는 자녀와 함께 고전을 읽고 대화할 수 있는 좋은 매개가 됩니다. 또한, 33권의 '고전 읽기' 코너를 두어 작품의 배경과 의미를 자세히 설명합니다. '더 읽어 볼 만한 고전'과 '다른 방식으로 감상해 볼까요? QR'을 실어 학생들이 보다 흥미롭게 고전을 이해하며 창의적이고 분석적인 시각을 넓혀 갈 수 있도록 했습니다. 선생님의 강의, 다큐멘터리, 인터뷰, 관련 콘텐츠 등으로 연결되어 작품의 시대적 배경과 주제를 다양한 시각에서 살펴볼 수 있습니다. 글로만 배우던 고전이 영상 속에서 생생하게 살아나며, 교과서에서 배운 내용을 입체적으로 확장하게 됩니다. 이러한 경험이 쌓일수록 이해력이 높아지고 공부의 집중력과 학업 성취도도 함께 올라갑니다.

고전을 배우고 익히는 과정에서 지루할 틈이 없다는 게 이 책의 가장 큰 특징입니다. 30여 년간 학교에서 학생들을 가르치면서, 동서양 고전은 물론 다양한 책을 읽고 쓰는 북칼럼니스트로 활동하면서 체득한 나름의 학습 방법을 담았습니다. 책에 소개한 여러 코너를 알차게 활용해 보세요. 고전 공부는 물론 다양한 효과를 경험할 수 있을 겁니다.

✧ 핵심 문장 100

문장을 소리 내어 읽고 뜻을 스스로 풀어 본 뒤 손으로 천천히 옮겨 써 보세요.

⇨ 문장을 따라 쓰는 동안 생각이 차분히 정리되고 마음이 안정됩니다.

✧ 고전의 지혜

학교, 일상에서 마주하게 되는 다양한 고민과 따뜻한 조언을 담았습니다.

⇨ 스스로 생각하고 판단하는 힘, 마음을 다스리는 여유를 키워 줍니다.

✧ 생각해 보기

질문 중 하나를 골라 짧게 써 보세요.

⇨ 단답형보다는 자신의 경험이나 생각을 구체적으로 써 내려가면 더 좋습니다. 짧은 문장이라도 하루하루 쌓이면 자신만의 사고 기록이 됩니다.

◇ **오늘의 미션**

책 속 문장을 실제 행동으로 옮기는 실천 가이드입니다.

⇨ 책상 앞의 생각을 일상 속 실천으로 바꾸는 힘이 생깁니다.

◇ **고전 읽기**

교과서 속 33권의 고전은 청소년 시기에 읽으면 큰 힘이 되는 책들입니다.

⇨ 학교 수업이 한결 쉬워지고, 제가 추천하는 '함께 읽어 볼 만한 고전'을 통해 생각의 폭과 교양을 함께 넓혀 갈 수 있습니다.

100일 동안 한 꼭지씩 읽고 쓰다 보면 문장이 곧 생각이 되고, 생각이 언어로, 언어가 태도로 이어집니다. 이는 공부가 아니라 자신을 돌아보고 스스로 성장의 방향을 찾아가는 여행입니다. 꾸준히 쌓인 100개의 문장은 결국 한 사람의 내면을 단단하게 채우는 힘이 될 것입니다. 이 책의 문장들이 여러분의 일상과 마음 가까이 머물기를 바랍니다.

박균호

✳ 책 활용법

❶ 고전 한 줄

작품 전체의 핵심을 담고 있고, 오늘의 삶에 지혜와 통찰을 건네는 문장을 골랐습니다. 삶의 태도를 바꿔 줄 한마디, 고민을 풀 실마리가 될 단서 같은 문장들입니다. 청소년의 눈높이에 맞게 다듬어 누구나 쉽게 이해하고 마음에 새길 수 있도록 했습니다.

❷ 고전의 지혜

선정한 문장을 바탕으로 청소년이 일상에서 마주하는 고민이나 감정, 진로, 관계, 선택의 문제에 대해 조언을 건넵니다. 고전이 전하는 메시지를 오늘의 언어로 풀어내고, 삶의 태도와 연결해 생각할 수 있도록 안내합니다.

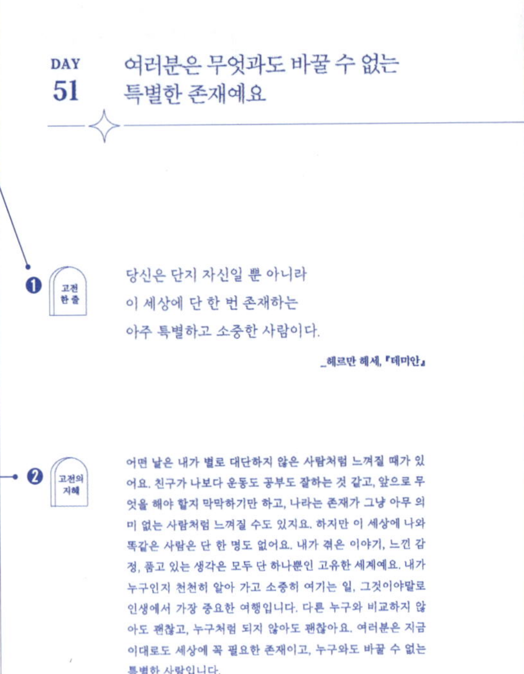

이 책은 33권의 고전에서 고른 100개의 문장을 소개합니다. 단순히 문장 소개에 그치지 않고 직접 써 볼 수 있도록 구성했으며, 그 문장에 담긴 지혜를 이 책의 저자이자 현직 선생님의 따스한 언어로 들려 줍니다. 나아가 확장된 사고와 행동하는 독서가 되도록 도와줍니다.

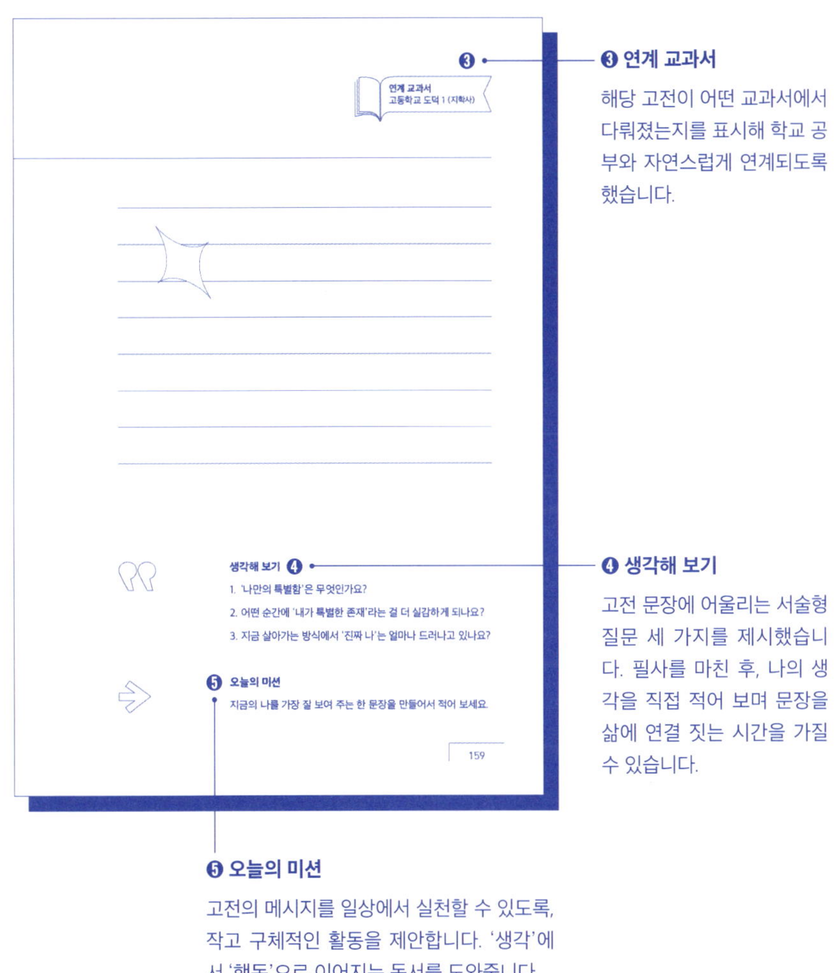

❸ 연계 교과서

해당 고전이 어떤 교과서에서 다뤄졌는지를 표시해 학교 공부와 자연스럽게 연계되도록 했습니다.

❹ 생각해 보기

고전 문장에 어울리는 서술형 질문 세 가지를 제시했습니다. 필사를 마친 후, 나의 생각을 직접 적어 보며 문장을 삶에 연결 짓는 시간을 가질 수 있습니다.

❺ 오늘의 미션

고전의 메시지를 일상에서 실천할 수 있도록, 작고 구체적인 활동을 제안합니다. '생각'에서 '행동'으로 이어지는 독서를 도와줍니다.

중·고등학교 교과서에서 배우게 될 33편의 고전을 소개합니다. 무턱대고 읽기보다 '어떻게 읽으면 좋을까?' 안내합니다. 특히 고전을 색다르게 경험할 수 있도록 시청각 자료를 소개하고 핵심 메시지를 수록하여 다채로운 독서 활동이 되도록 돕습니다.

❶ 어떤 고전인가요?

해당 고전의 주요 주제와 배경, 인물과 줄거리 등을 간략하게 소개합니다. 고전을 처음 접하는 독자도 내용을 이해하고 흥미를 느낄 수 있도록 구성했습니다.

❷ 저자는 누구인가요?

저자의 생애와 시대적 배경, 주요 업적을 설명합니다. 저자를 이해한다는 것은 그들의 삶의 궤적을 따라가며, 인간이 어떻게 사고하고 성장해 왔는지를 배우는 일과 같습니다.

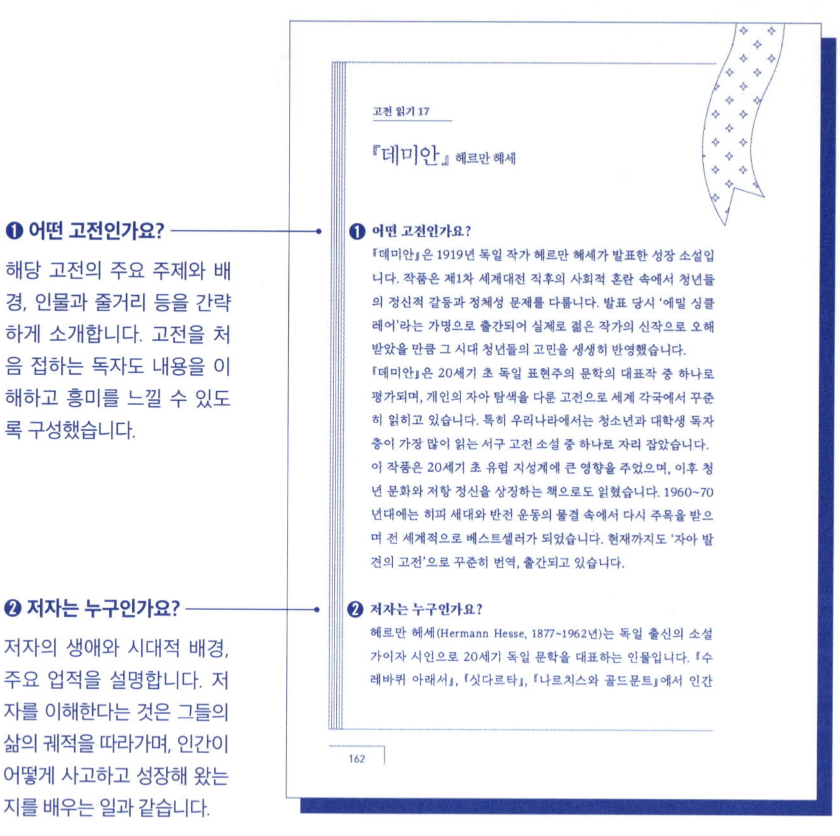

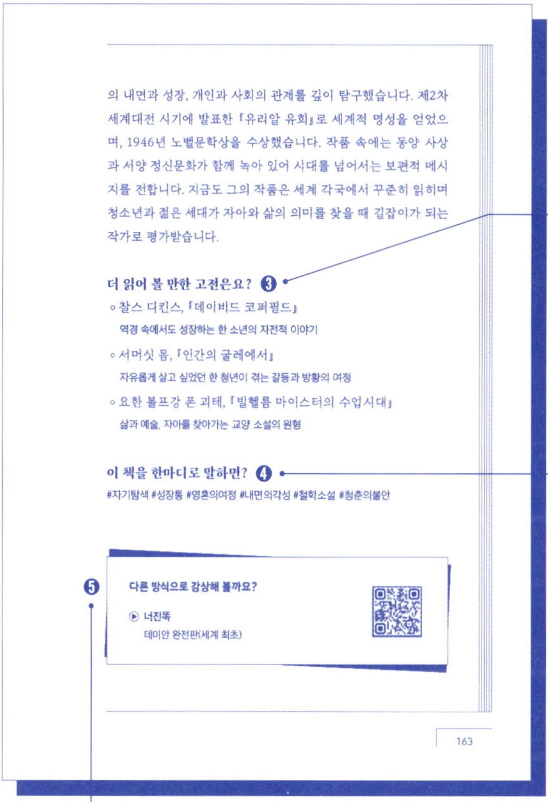

의 내면과 성장, 개인과 사회의 관계를 깊이 탐구했습니다. 제2차 세계대전 시기에 발표한 『유리알 유희』로 세계적 명성을 얻었으며, 1946년 노벨문학상을 수상했습니다. 작품 속에는 동양 사상과 서양 정신문화가 함께 녹아 있어 시대를 넘어서는 보편적 메시지를 전합니다. 지금도 그의 작품은 세계 각국에서 꾸준히 읽히며 청소년과 젊은 세대가 자아와 삶의 의미를 찾을 때 길잡이가 되는 작가로 평가받습니다.

더 읽어 볼 만한 고전은요? ❸

- 찰스 디킨스, 『데이비드 코퍼필드』
  역경 속에서도 성장하는 한 소년의 자전적 이야기
- 서머싯 몸, 『인간의 굴레에서』
  자유롭게 살고 싶었던 한 청년이 겪는 갈등과 방황의 여정
- 요한 볼프강 폰 괴테, 『빌헬름 마이스터의 수업시대』
  삶과 예술, 자아를 찾아가는 교양 소설의 원형

이 책을 한마디로 말하면? ❹

#자기탐색 #성장통 #영혼의여정 #내면의각성 #철학소설 #청춘의불안

❺ 다른 방식으로 감상해 볼까요?

▶ 너진똑
데미안 완전판(세계 최초)

❸ 더 읽어 볼 만한 고전은요?

주제나 시대, 사상적으로 연관된 다른 고전들을 추천합니다. 한 권의 고전을 시작으로 더 넓은 독서의 세계로 이어질 수 있도록 돕습니다.

❹ 이 책을 한마디로 말하면?

고전의 분위기와 핵심 메시지를 감성적인 해시태그(#)로 정리했습니다. 고전을 보다 감각적으로 기억하고 공유할 수 있도록 돕습니다.

❺ 다른 방식으로 감상해 볼까요?

해당 고전에 관한 최고 전문가의 강연이나 해설 영상, 다큐멘터리, 유튜브 콘텐츠 등을 소개합니다. QR 코드를 함께 제공해 누구나 쉽게 접근할 수 있도록 했습니다. 고전을 색다르게 감상하고 이해하는 즐거운 경험이 될 것입니다.

 차례

PART
2

세상과 맞서는 용기

정의와 자유

PART
3

마음을 잇는 법

사랑과 우정

세상 읽기

역사와 사회

PART
4

길 위의 발견
여행과 자연

PART 5

PART
1

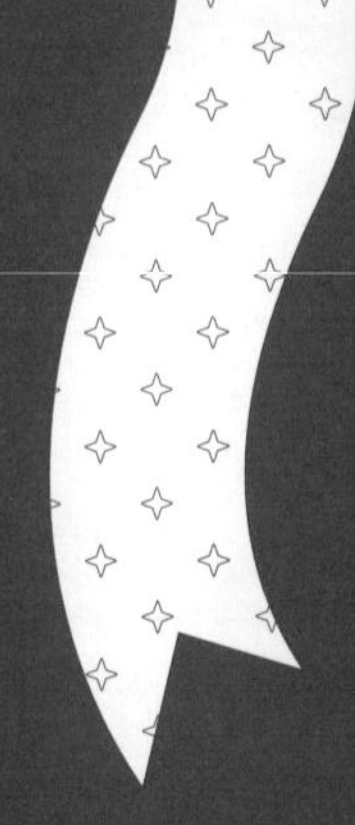

나를 세우는 힘

생각과 철학

즐길 줄 아는 사람이
가장 멀리 갑니다

고전
한 줄

배움은 단순히 아는 데 머물지 않고,
그것을 좋아하는 마음으로 이어져야 한다.
아는 것은 좋아하는 것만 못하고,
좋아하는 것은 즐기는 것만 못하다.

_공자, 『논어』

고전의
지혜

어떤 일을 할 때 억지로 외우고 흉내만 내면 금방 지치고 흥미
도 떨어지기 쉽습니다. 영어 문법이나 수학 공식, 운동 동작도
마찬가지예요. 단순히 아는 데서 멈추지 않고 꾸준한 관심으
로 좋아하게 될 때 우리는 더 깊이 배우고 싶다는 마음이 생깁
니다. 더 나아가 스스로 즐기게 되면 힘이 들어도 계속하게 됩
니다. 공부든 일이든, 억지로 하기보다 어떻게 하면 더 재미있
게 할 수 있을지를 먼저 고민해 보세요. 좋아서 계속하다 보면
실력은 따라오게 되어 있어요.

생각해 보기

1. 단순히 잘하는 것이 아니라 즐기게 된 경험이 있다면 언제였나요?

2. 어떤 일을 할 때 시간이 빨리 지나가는 느낌을 받은 적이 있다면 그건 무엇인가요?

3. 좋아하지 않지만 해야 하는 일이 있을 때 그것을 즐겁게 바꾸기 위해 시도해 본 방법이 있다면 무엇인가요?

오늘의 미션

공부나 일상에서 '억지로 했던 일'과 '즐기면서 했던 일'을 비교해 보세요.

배우려는 마음이 더 중요해요

**고전
한 줄**

군자는 음식을 가리지 않고,
편안한 곳만을 찾지 않는다.

_공자, 『논어』

**고전의
지혜**

외국에서 공부하거나 생활하다 보면 한국에서 익숙했던 편리함이 통하지 않는 순간을 종종 만나게 됩니다. 새벽 배송이 없어 원하는 물건을 빨리 살 수 없고, 인터넷 속도가 느려 답답할 때도 있지요. 사소한 생활 방식이 달라 예상치 못한 불편을 겪기도 합니다. 이럴 때 중요한 건 조건보다 그것을 받아들이는 태도입니다. 생활 문화가 다르다고 해서 불평을 늘어놓기보다 그 차이를 있는 그대로 받아들이고 존중하려는 마음이 필요해요. 그런 태도는 낯선 환경 속에서도 사람들과 더 잘 어울릴 수 있게 해 줍니다. 결국은 새로운 세계를 이해하고 성장하는 데 큰 밑거름이 됩니다.

생각해 보기

1. 여행지나 캠프에서 낯선 음식을 처음 접했을 때 어떻게 반응했나요?

2. 평소와 다른 환경에서 잠을 자거나 생활할 때 어떤 점이 가장 불편했나요?

3. 익숙하지 않은 문화나 생활 방식 속에서 내가 노력해서 적응했던 순간이 있었나요?

오늘의 미션

평소에 먹지 않던 음식을 하나 시도해 보고 그 경험을 글로 정리해 보세요.

한 번쯤은 의심해 보세요

고전 한 줄

여러 사람이 좋다거나 나쁘다거나 말할 때,
그 말을 곧이곧대로 믿지 말고
꼭 한 번은 스스로 따져 봐야 한다.

_공자, 『논어』

고전의 지혜

많은 사람이 똑같은 이야기를 하면 그 말이 더 쉽게 믿어지기도 합니다. 하지만 모두가 옳다고 말한다고 해서 그 말이 반드시 사실인 것은 아닙니다. 누군가를 험담하거나 확인되지 않은 소문을 사실처럼 퍼뜨리는 경우도 많지요. 정보가 넘쳐나는 시대일수록, 어떤 말이든 '왜 그런 말이 돌고 있는지'를 스스로 생각해 보는 자세가 필요합니다. 다른 사람의 평판이나 감정에 쉽게 휩쓸리지 않으려면 사실을 확인하는 태도, 균형 잡힌 시선, 그리고 조급하지 않게 판단하는 습관이 필요합니다. 남들이 뭐라고 하든 내가 직접 보고 듣고 확인한 것으로 판단하려는 마음가짐이 우선입니다.

생각해 보기

1. 모두가 좋다고 말하는데도 왠지 불편하거나 의심스러웠던 경험이 있다면 무엇인가요?

2. '모두가 그렇게 말하니까'라는 이유로 어떤 판단을 내린 적이 있나요? 지금도 그 결정이 옳다고 생각하나요?

3. 어떤 말이든 쉽게 믿지 않기 위해 앞으로 실천해 보고 싶은 습관이나 기준은 무엇인가요?

오늘의 미션

SNS에서 유행하는 '공부 루틴'을 따라 하기 전에 후기나 근거를 찾아보세요.

모르는 것을 인정하면
더 많이 배울 수 있어요

**고전
한 줄**

아는 것은 안다고 말하고
모르는 것은 모른다고 솔직히 인정하는 것,
그것이 진정으로 아는 태도다.

_공자, 『논어』

**고전의
지혜**

우리는 종종 모르는 것을 숨기거나 아는 척을 해서 더 나은 사람처럼 보이고 싶어 합니다. 실제로 수업 시간에 선생님이 "이해했니?"라고 물으실 때, 잘 모르면서도 괜히 안다고 대답해 본 적이 한 번쯤은 있을 거예요. 하지만 그렇게 하면 바로 이어지는 설명을 놓쳐서 더 배울 기회를 잃어버리곤 합니다. 공자는 앎이란 모든 것을 다 아는 데 있는 것이 아니라 내가 아는 것과 모르는 것을 분명히 구분하는 것에서 출발한다고 말씀하셨습니다. 틀린 지식을 고집하거나 아는 척만 하면 배움이 멈추지만, 모른다고 인정하면 더 많이 배울 수 있습니다. 지혜는 모든 것을 아는 데서 나오는 것이 아니라 모르는 것을 인정하는 순간부터 자라납니다.

생각해 보기

1. 알지 못하는 것을 모른다고 솔직하게 말했던 경험이 있나요? 그때 상황은 어땠나요?

2. 아는 척을 하다가 오히려 곤란해진 적은 없었나요? 그 경험에서 무엇을 배웠나요?

3. 친구나 선생님이 모른다고 솔직하게 말하는 모습을 본 적이 있나요? 그때 어떤 느낌이 들었나요?

오늘의 미션

친구나 가족과 대화를 나눌 때, 모르는 주제가 나오면 억지로 아는 척하지 말고 "모릅니다"라고 말해 보세요. 그리고 그 자리에서 함께 찾아보거나 집에 와서 직접 조사해 보세요.

『논어』 공자

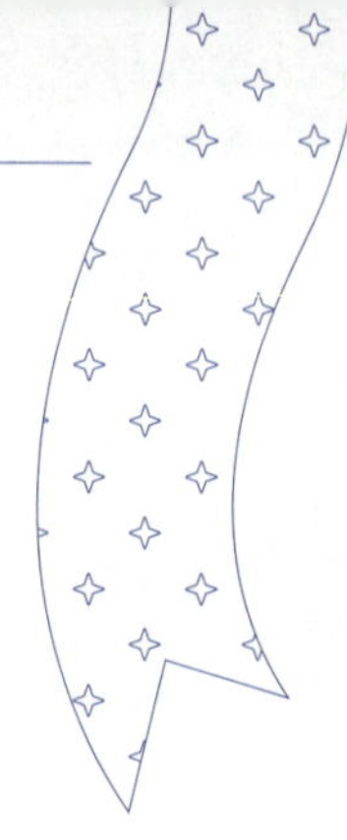

어떤 고전인가요?

『논어』는 공자와 그의 제자들의 언행을 기록한 책입니다. 유교 사상의 출발점이 되는 고전이지요. 인간다운 삶이란 무엇이며, 어떻게 살아야 하는지를 짧고 명확한 문장들로 전하고 있습니다. 겉으로 드러나는 행동보다 내면의 성찰을 중시하며, 타인을 향한 공감과 존중, 겸손한 자세가 중요하다고 말합니다. 이론만 가르치는 책이 아닙니다. 예절, 인간관계, 배움의 태도 등 일상에서 바로 적용할 수 있는 실용적인 가르침이 가득한 점이 이 책의 가장 큰 매력입니다.

총 20편으로 구성된 『논어』에는 2,500년 전 중국 춘추시대 사람들의 생활과 가치관이 생생하게 담겨 있습니다. "멀리서 친구가 찾아오면 어찌 기쁘지 않겠는가", "아는 것은 좋아하는 것만 못하고, 좋아하는 것은 즐기는 것만 못하다" 같은 문장은 시대를 넘어 지금도 큰 울림을 줍니다. 배움의 즐거움, 친구와의 우정, 올바른 행동 기준 등 청소년이 마주하는 주제가 많아 오래 곁에 두고 읽을 만한 '삶의 지침서'로 자리 잡았습니다.

저자는 누구인가요?

공자(孔子, 기원전 551~479년)는 중국 춘추시대 노나라에서 태어났습니다. 어려서 아버지를 여의고 가난 속에서도 예절과 음악,

활쏘기 등 당시 지도층이 배우던 교양을 익혔습니다. 관직에 올랐다가 정치의 부패에 실망해 떠난 뒤, 여러 나라를 다니며 신분과 재산에 관계없이 배우고 싶은 사람이라면 누구든 제자로 받아들였습니다. 이는 당시로서는 매우 파격적인 교육 방식이었고 평생 배움과 예절의 가치를 전하며 살았습니다.

더 읽어 볼 만한 고전은요?

○ 맹자, 『맹자』

어떻게 살아야 하는지를 끝까지 고민한 삶의 철학

○ 이이, 『격몽요결』

자신을 바르게 갈고닦는 방법을 알려 주는 조선의 수양 지침서

○ 정약용, 『유배지에서 보낸 편지』

고난 속에서도 지혜롭게 살아가는 삶의 태도

이 책을 한마디로 말하면?

#사람답게사는법 #공감과겸손 #말보다행동 #배움의길 #생활속철학

다른 방식으로 감상해 볼까요?

▶ 일상의인문학

공자와 소크라테스, 누가 더 뛰어난 철학자인가?

조언을 귀찮아 하면
나도 멈춰요

**고전
한 줄**

가장 훌륭한 사람은 스스로 모든 것을 깨닫는 사람이다. 좋은 조언을 따르는 사람도 훌륭한 사람이다. 하지만 스스로 깨닫지도 못하고, 남의 말을 듣고도 마음에 새기지 않는 사람은 쓸모없는 사람이다.

_아리스토텔레스, 『니코마코스 윤리학』

**고전의
지혜**

아리스토텔레스는 인간이 어떻게 살아야 훌륭한 삶을 사는지를 깊이 고민한 철학자입니다. 그는 스스로 생각하고 깨닫는 사람이 가장 뛰어난 사람이라고 말합니다. 그러나 모든 사람이 그런 능력을 갖춘 것은 아니기에, 다른 사람의 조언을 귀 기울여 듣고 따를 줄 아는 태도도 훌륭하다고 했습니다. 스스로 깨닫지도 못하고, 남의 말도 듣고 흘려버리는 사람은 결국 아무것도 배울 수 없습니다. 그런 사람은 스스로 성장의 기회를 놓치는 셈입니다. 진정으로 훌륭한 사람은 자신의 부족함을 인정하고, 때로는 타인의 조언을 통해 더 성장하려는 사람입니다.

생각해 보기

1. 누군가의 조언을 듣고도 마음에 새기지 않은 경험이 있다면 그 이유는 무엇인가요?

2. 내가 누군가에게 조언을 했는데 그 사람이 받아들이지 않았나요? 왜 그랬을까요?

3. 나는 조언을 들을 때 기분이 상하는 편인가요, 아니면 고맙게 여기는 편인가요?

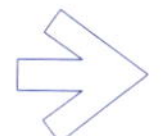

오늘의 미션

최근에 흘려들었던 조언 하나를 떠올려 보고 지금 다시 실천해 볼 수 있을지 스스로에게 물어보세요.

더 나은 나를
꺼내 보고 싶지 않나요?

**고전
한 줄**

우리는 그냥 '나는 인간이니까 평범하게만
살면 돼'라고 생각해서는 안 된다. 언젠가 죽는
존재라고 해서, 당장의 편함이나 재미만 좇아
살아서도 안 된다. 오히려 우리 안에 있는 가장
멋진 가능성을 믿고, 나답게, 그리고 더 나은
나를 향해 노력하며 살아가야 한다.

_아리스토텔레스, 『니코마코스 윤리학』

**고전의
지혜**

어떤 친구는 "난 그냥 남들처럼만 살면 돼. 평범한 게 최고야"
라고 말해요. 또 다른 친구는 "지금 딱히 잘하고 싶은 건 없어.
그냥 적당히 살면 되지"라고 하지요. 그림을 잘 그리는 친구가
"나 정도로는 어림없어"라며 물러나고, 발표를 잘하는 친구가
"나서면 피곤하잖아"라며 한 발 빠지는 것도 비슷해요. 아리스
토텔레스는 그런 태도 대신, 우리 안에 있는 더 나은 가능성을
믿고 꺼내 보라고 말해요. 자신을 작게 보지 말고, 한 번쯤은
내 안의 최고를 꺼내 보는 것은 어떨까요?

생각해 보기

1. "그냥 이 정도면 됐지"라고 스스로에게 말하며 멈춰 선 적이 있나요? 그때 기분은 어땠나요?

2. 지금 내 안에 '좀 더 키워 보고 싶은 능력'은 무엇인가요?

3. 지금보다 더 '불꽃처럼 살아가고 싶다'라고 느끼는 순간은 어떤 때인가요?

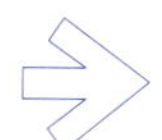

오늘의 미션

평소 "이건 나랑 안 맞아" 하며 피하던 일을 오늘 하루만큼은 도전해 보세요. 그리고 그 경험을 짧게 글이나 메모로 남겨 보세요.

용감하고 올바른 사람이 되고 싶나요?

우리가 평소에 다른 사람을 어떻게 대하는지에 따라, 올바른 사람이 될 수도 있고 그렇지 않을 수도 있다. 또 위험한 상황에서 어떻게 행동하느냐에 따라, 용감한 사람이 되기도 하고 겁쟁이가 되기도 한다. 결국 어떤 사람이 되는지는 우리가 어떤 선택을 반복하느냐에 달려 있다.

_아리스토텔레스, 『니코마코스 윤리학』

망설여지는 일이 생기면 슬그머니 피하나요, 아니면 한 번쯤 해 보려는 쪽을 선택하나요? 어떤 행동을 반복하느냐에 따라 우리는 점점 그에 맞는 사람이 되어 갑니다. "그냥 내 성격이야"라는 말은 사실 지금까지 내가 해 온 선택이 만든 결과예요. 주저할 때마다 조금씩 앞으로 나아가면, 우리는 결국 더 용기 있는 사람이 됩니다.

생각해 보기

1. 내가 두려워서 피했던 상황이 있었다면, 그건 어떤 순간이었고 왜 그랬나요?

2. 최근에 용기를 내서 해 본 일은 무엇인가요? 그 경험이 어떤 변화를 주었나요?

3. 내가 되고 싶은 사람의 모습과 지금의 내 모습은 얼마나 닮아 있나요?

오늘의 미션

"나는 어떤 사람이 되고 싶은가요?"라는 질문을 조용히 떠올려 보세요. 그리고 지금의 내 모습과 비교하며 가까워지고 싶은 방향을 짧게 글로 써 보세요.

『니코마코스 윤리학』 아리스토텔레스

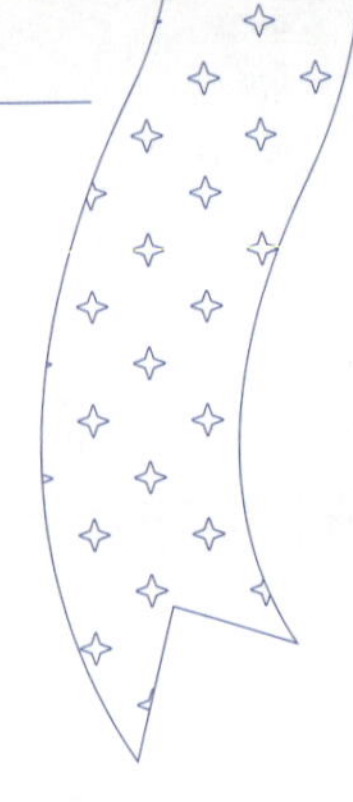

어떤 고전인가요?

『니코마코스 윤리학』은 고대 그리스 철학자 아리스토델레스가 아들 니코마코스를 위해 집필한 도덕 철학서입니다. 제목 속 '니코마코스'는 아들의 이름에서 유래했으며, 후대에 제자들이 스승의 강의를 정리하며 붙였다는 설도 있습니다. 총 10권으로 구성되었으며, 고대 그리스 철학의 핵심 저작 중 하나로 꼽힙니다. 고대 아테네의 정치와 교육, 문화적 배경을 이해하는 데도 중요한 자료입니다.

이 책은 서양 윤리 사상의 기초를 세운 고전으로 2,300년이 지난 오늘날에도 전 세계 대학과 인문학 강의에서 꾸준히 읽히고 있습니다. 인간이 행복하게 살기 위해 필요한 가치와 공동체 속에서의 책임을 깊이 있게 탐구한 점에서 시대를 초월한 영향력을 지닌 작품으로 평가받습니다. 철학뿐 아니라 정치, 법, 교육 등 여러 분야에서 여전히 참고가 되는 살아 있는 지식의 원천이기도 합니다.

저자는 누구인가요?

아리스토텔레스(Aristoteles, 기원전 384~322년)는 고대 그리스 북부 스타게이라에서 태어난 철학자입니다. 열일곱 살에 아테네로 가서 플라톤의 아카데메이아에서 약 20년 동안 공부했으며, 스승이 세상을 떠난 뒤에는 마케도니아 왕 필리포스 2세의 초청을 받아 왕자 알렉산드로스(훗날 알렉산드로스 대왕)를 가르쳤습니다. 이후 아테네로 돌아와 '리케이온(Lykeion)'이라는 학교를 세우고 철학, 자연과학, 정치, 수사학 등 폭넓은 분야를 연구했습니다. 그는 세상의 여러 현상을 직접 관찰하고 기록하는 방식을 중요하게 생각했으며, 이런 태도는 오늘날 과학과 인문학 연구에도 큰 영향을 주었습니다.

더 읽어 볼 만한 고전은요?

○ 세네카, 『행복론』

  내면의 평온을 통해 진정한 행복을 찾는 스토아 철학의 안내서

○ 자사, 『중용』

  지나침도 모자람도 없는 삶, 균형과 조화를 추구한 동양의 지혜

이 책을 한마디로 말하면?

#행복의조건 #중용의미학 #실천철학 #고대윤리학 #아레테 #습관의힘 #아리스토텔레스

다른 방식으로 감상해 볼까요?

▶ 인문학이랑

  아리스토텔레스의 행복 철학

물처럼 사는 삶은 어떤가요?

고전
한 줄

나는 최고의 선(善)은 물과 같다고 생각한다.
물은 모든 것을 이롭게 하면서도 다투지 않고,
사람들이 꺼리는 낮은 곳에 머무르기에
도에 가장 가까운 모습이기 때문이다.

_노자, 『도덕경』

고전의
지혜

많은 학생이 진로를 정할 때 인기 있는 전공이나 돈을 많이 벌수 있고 사회적으로 인정받는 직업부터 떠올립니다. 하지만 그런 길이 반드시 나에게도 잘 맞는 것은 아닙니다. 오히려 사람들이 잘 선택하지 않는 길이 나에게는 더 적합하고, 장기적으로는 더 나은 기회가 될 수도 있지요. 중요한 것은 '남들이 어떻게 볼까'가 아니라 '내가 정말 좋아하고 잘할 수 있는 일인가'입니다. 남의 시선보다 자신의 가능성에 집중해 보세요. 조용히 나만의 길을 걸어가는 학생에게도 분명 좋은 기회가 찾아옵니다.

생각해 보기

1. 남들은 잘 선택하지 않지만 내가 흥미를 느끼는 진로가 있나요? 그 이유는 무엇인가요?

2. 다른 이들은 외면하지만 나에게는 여전히 가치가 있다고 느껴지는 일은 무엇인가요?

3. 화려하지는 않지만 조용히 그리고 묵묵히 자신의 자리를 지키는 사람을 본 적 있나요? 그 사람의 인상은 어땠나요?

오늘의 미션

물의 다양한 형태를 관찰하거나 떠올리고, 거기서 배운 점을 정리해 보세요.

남보다 잘하려 하지 말고
나를 이겨 보세요

**고전
한 줄**

남을 이기는 사람은 힘이 센 사람이지만,
자기 자신을 이기는 사람은 더 강한 사람이다.

_노자, 『도덕경』

**고전의
지혜**

숙제를 해야 하는데 갑자기 휴대폰에 알림이 뜨고, 한 번만 보고 하자며 유튜브를 켭니다. 방 청소는 다음 날로 미루고, 시험이 코앞인데도 문제집보다 게임을 먼저 생각합니다. 다들 한 번쯤은 그렇게 오늘 할 일을 내일로 넘겨 본 적이 있을 거예요. 그런 순간이 쌓이면 어느새 미루는 게 습관이 되고, 나중에는 자신도 자기 말에 확신이 없어집니다. 남보다 앞서려고 애쓰기보다 오늘 해야 할 일 하나를 제때 해내는 게 더 어렵고 더 중요합니다. 자기 자신과 싸워 이긴 경험이 쌓일수록, 그만큼 내 안에서 나에 대한 믿음도 커져 갑니다.

생각해 보기

1. 최근에 게으름이나 핑계를 이겨 낸 경험이 있나요?

2. 하루 중 자신을 가장 자주 흔드는 유혹은 무엇인가요?

3. 아침에 일어나기 싫을 때, 어떻게 자신을 설득하나요?

오늘의 미션

오늘 하루 동안 스마트폰 사용 시간을 점검하고, 줄이기 위한 방법을 정리해 보세요.

기분 좋은 말에 너무 흔들리지 마세요

고전 한 줄

칭찬은 때로 두려움을 불러올 수 있다고 믿는다.
치욕은 내 몸처럼 소중히 받아들여야 한다고
여긴다.

_노자, 『도덕경』

고전의 지혜

칭찬을 들으면 기분은 좋지만, 어느 순간부터 그 말에 내가 끌려가고 있다는 걸 느낄 때가 있습니다. 괜히 다음엔 실망시키지 않을까 눈치를 보게 되고, 하고 싶은 말이나 행동도 점점 줄어듭니다. 치욕은 그 반대입니다. 말로는 설명할 수 없는 감정이 밀려오고, 누구에게도 기대지 못한 채 혼자 견뎌야 하는 시간을 겪게 됩니다. 그런 시간은 생각보다 오래가고, 마음속 깊은 곳을 건드리게 됩니다. 하지만 너무 오래 그 자리에 머물지 마세요. 때가 되면 툭 털고 일어나 다시 앞으로 걸어가는 쪽이 분명 더 나를 위한 길이니까요.

생각해 보기

1. 누군가의 칭찬에 기분이 좋았다가 오히려 부담스러워진 경험이 있나요?

2. 칭찬에 너무 의지하면 어떤 점이 불편해질 수 있을까요?

3. 상처를 마주한 뒤 이전과 달라진 점이 있다면 무엇인가요?

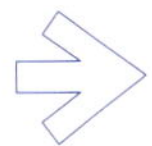

오늘의 미션

오늘 하루 동안 내가 얼마나 '칭찬받고 싶은 마음'에 흔들렸는지 관찰하고 기록해 보세요.

『도덕경』 노자

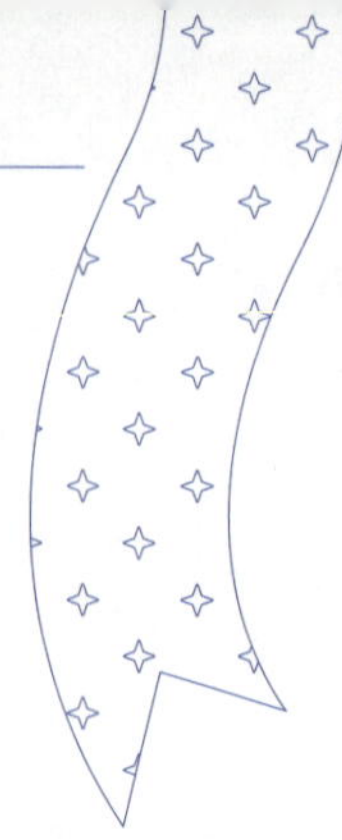

어떤 고전인가요?

『도덕경』은 기원전 6세기경, 중국 춘추시대의 사상가 노자가 남긴 짧고 간결한 글 모음입니다. 총 81장으로 이루어진 이 책은 정치와 리더십, 인간관계, 삶의 태도까지 폭넓게 다루지만, 모든 사상의 뿌리는 '도(道)'와 '자연스러움'에 있습니다. 억지로 애쓰지 않고 자연의 흐름을 따르며, 비움과 겸손을 통해 더 큰 힘을 얻는다는 가르침은 수천 년이 지난 지금도 여전히 유효합니다.

또한, 『도덕경』은 경쟁과 속도가 당연시되는 사회 속에서, 남보다 앞서기보다 자신만의 길을 지키는 것이 더 값지다는 메시지를 전합니다. 특히 리더는 앞에 서서 이끄는 존재가 아니라 뒤에서 받쳐 주고 옆에서 함께 걸어가는 사람이라는 점을 강조합니다. 이런 가르침은 청소년들에게 성취보다 관계의 균형, 지배보다 협력의 가치를 생각하게 하며, 조급함 속에서도 마음의 여유를 잃지 않는 삶의 태도를 일깨워 줍니다.

저자는 누구인가요?

노자(老子, 기원전 6세기경)는 중국 춘추시대의 철학자이자 사상가입니다. 주나라 궁정에서 장기간 사관(史官)으로 재직하며 역사와 예법에 정통했으나, 세상이 혼란해지자 관직을 떠나 은둔의 삶을 택했습니다. 전설에 따르면 서쪽으로 떠나는 길에 함곡관의 관리가 글을 남겨 달라 부탁합니다. 노자는 짧지만 깊은 지혜를 담은 5,000여 자의 글을 기록했고, 이것이 훗날 『도덕경』이 되었다고 합니다. 노자의 사상은 자연에 순응하고 인위적인 욕심을 줄이는 '무위(無爲)의 도'를 핵심으로 하며, 이후 도가(道家) 철학의 기초가 되어 중국뿐 아니라 전 세계 사상과 문화에 깊은 영향을 미쳤습니다.

더 읽어 볼 만한 고전은요?

○ 헨리 데이비드 소로, 『월든』

  숲에서 스스로 살아 보며 찾은 단순한 삶의 기쁨

○ 제인 구달, 『희망의 이유』

  지금 우리에게 필요한 것은 자연과 다시 손잡는 용기

이 책을 한마디로 말하면?

#자연을따르는삶 #억지없는리더십 #겸손한통치 #비움의미학 #가만히있을용기

다른 방식으로 감상해 볼까요?

▶ EBS 인문학특강

  최진석 교수의 현대 철학자 노자 제1강

오늘 하루를 마지막 날처럼 살아 보세요

고전 한 줄

오늘이 인생의 마지막 날일 수도 있다고
생각하면서, 말하고 행동하고 생각하라.

_마르쿠스 아우렐리우스, 『명상록』

고전의 지혜

아무 일도 하지 않은 것 같은 날도, 밤이 되면 은근히 마음이
불편해질 때가 있습니다. 하루 종일 휴대폰만 보거나 해야 할
일을 계속 미루고 나면 그런 생각이 들지요. 시간이 흘렀다는
건 분명한데, 내가 무엇을 했는지는 잘 떠오르지 않는 날. 하루
를 잘 보냈다는 느낌은 거창한 성취에서 오는 게 아닙니다. 해
야 할 일을 하나라도 끝냈거나 누군가와 괜찮은 대화를 나눴
다거나 집중해서 무언가에 몰입한 순간이 있었는지가 더 중요
할 수 있습니다. 그런 장면 하나만 있어도 오늘을 괜찮은 하루
였다고 말할 수 있습니다.

생각해 보기

1. 만약 오늘 하루가 마지막 날이라면 지금 당장 하고 싶은 일은 무엇인 가요?

2. 하루가 끝나고 나서 '잘 살았다'라고 느낀 날은 언제인가요? 그 이유 는 무엇인가요?

3. 지금 미루고 있는 일이 있다면 왜 미루고 있나요?

오늘의 미션

오늘 하루 동안 가장 감사한 사람 한 명에게 짧은 메시지를 전해 보세요.

불의는 외면할 때 더 커집니다

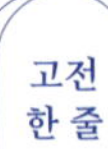

**고전
한 줄**

다른 사람의 나쁜 행동을 보고도 모른 척하거나
외면하는 것도, 잘못이 될 수 있다.

_마르쿠스 아우렐리우스, 『명상록』

**고전의
지혜**

우리는 흔히 '나쁜 짓을 하지 않으면 괜찮다'라고 생각합니다.
하지만 때로는 아무 행동도 하지 않는 것이 더 큰 잘못이 될
때도 있습니다. 예를 들어, 한 친구가 조별 과제에서 거의 모든
일을 도맡아 했는데도, 다른 친구가 대신 발표하고 칭찬을 독
차지할 때가 있습니다. 그 상황을 알고도 아무 말 하지 않는다
면 부당한 일을 눈감아 주는 셈이 될 수 있습니다. '괜히 나섰
다가 분위기를 흐리면 어쩌지', '내 일이 아니니까 그냥 넘어가
자' 하는 마음이 쌓이면, 결국 옳고 그름에 둔감해질지도 모릅
니다. 조용히 지나친 그 순간이 나중에 돌아봤을 때 마음에 걸
리는 장면이 될 수도 있습니다.

생각해 보기

1. 친구가 부당한 대우를 받는 걸 보고도 외면한 적이 있나요? 그때 왜 그랬나요?

2. 단체 대화방이나 학교에서 누군가 놀림을 당할 때 어떤 태도를 보였나요?

3. 누군가 힘들어 할 때 내가 할 수 있는 가장 작은 행동은 무엇이라고 생각하나요?

오늘의 미션

누군가 다른 사람의 불의에 맞서 정의롭게 행동한 장면을 떠올리고, 그 장면이 왜 기억에 남는지 써 보세요.

나를 돌아보는 하루가
더 소중합니다

**고전
한 줄**

공동체에 도움이 되는 일이 아니라면
다른 사람에 대해 이런저런 생각을 하느라
소중한 시간을 낭비하지 말라.

마르쿠스 아우렐리우스, 『명상록』

**고전의
지혜**

우리는 하루에도 수없이 누군가를 떠올립니다. 누가 어떤 말을 했는지, 어떤 행동을 했는지, 별일 아닌 일에도 계속 생각이 이어지곤 하지요. 하지만 그 생각들이 꼭 나에게 필요한 걸까요? 공동체에 도움이 되는 고민이 아니라면, 그런 생각은 내 시간을 갉아먹을 뿐입니다. 오늘 하루를 돌아보면 정작 내 마음과 계획, 감정은 제대로 챙기지 못한 채 다른 사람의 일에 마음을 쏟을 때가 많습니다. 이제는 남들에 대해 이야기하거나 생각하는 대신 오늘 내가 집중하고 싶은 일, 조율해야 할 감정, 세워야 할 목표에 더 많은 에너지를 써 보세요. 그렇게 보낸 하루가 훨씬 더 또렷하고 충실하게 남을 것입니다.

생각해 보기

1. 최근에 친구에 대해 안 좋은 생각이나 말을 한 적이 있나요? 그때 왜 그런 기분이 들었나요?

2. 다른 친구를 평가하지 않고, 나 자신의 태도에 집중한 경험이 있다면 어떤 상황이었나요?

3. 나를 돌아보게 만든 말이나 순간이 있었다면 어떤 것이었나요?

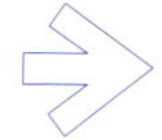

오늘의 미션

오늘 내가 한 말 중 누군가에게 긍정적인 영향을 주었을 것 같은 말을 떠올려 보세요.

『명상록』 마르쿠스 아우렐리우스

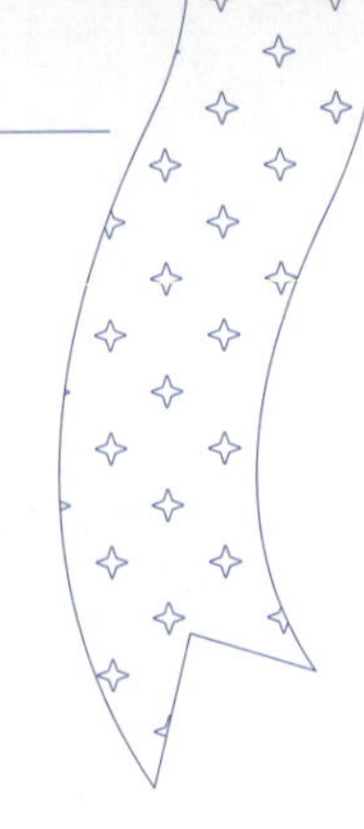

어떤 고전인가요?

『명상록』은 로마 제국의 황제 마르쿠스 아우렐리우스가 전쟁터와 국정 운영의 한가운데에서 남긴 개인 기록입니다. 원래는 세상에 공개하기 위해 쓴 책이 아니라 자신을 다스리고 삶의 방향을 잃지 않기 위해 일기처럼 남긴 글이었습니다. 그는 격변의 시대 속에서도 황제로서의 권력과 책임을 지켜내며 매일 스스로에게 어떻게 살아야 하는지를 질문했습니다.

이 책에는 인간관계에서 지켜야 할 태도, 분노와 슬픔 같은 감정을 다스리는 방법, 죽음과 시간의 흐름을 받아들이는 자세 등 다양한 주제가 짧고 명확한 문장으로 담겨 있습니다. 고대 스토아 철학의 핵심인 '자기 통제'와 '이성에 따른 삶'을 보여 주는 대표적인 자료로 평가되며, 오늘날에도 리더십과 자기 계발 분야에서 널리 읽히고 있습니다. 원래 사적인 기록이었던 만큼 솔직하고 꾸밈없는 표현이 많아 2,000년 전 한 황제의 속마음을 생생하게 느낄 수 있는 고전입니다.

저자는 누구인가요?

마르쿠스 아우렐리우스(Marcus Aurelius, 121~180년)는 로마 제국의 제16대 황제이자 스토아 철학자입니다. 이탈리아 로마에서 태어나 어려서부터 웅변과 법학, 철학을 배우며 성장했고, 젊은 시절부터 검소한 생활과 자기 수양을 중시했습니다. 서기 161년 황위에 오른 뒤 약 20년 동안 제국을 통치하며 게르만족과의 전쟁, 제국 전역에 퍼진 역병 등 수많은 위기에 직면했지만, 강한 책임감과 침착한 성품으로 대응했습니다.

더 읽어 볼 만한 고전은요?

- 아우구스티누스, 『고백록』

  하느님 앞에서 자신의 삶을 되돌아본 고백의 기록

- 장 자크 루소, 『고백록(The Confessions)』

  자신의 내면과 삶을 숨김없이 드러낸 이야기

- 레프 톨스토이, 『참회록』

  무엇을 위해 살아야 하는지 깊이 탐구한 철학적 고백

이 책을 한마디로 말하면?

#철학적자기성찰 #스토아철학 #내면의힘 #황제의일기 #전쟁터의성찰 #불안의시대

다른 방식으로 감상해 볼까요?

 겨울서점

[주인장의 책장]
자기계발서인 듯 자기계발서 아닌 철학책

딱 하나에 집중할 때 길이 보여요

고전 한 줄

확실한 목표 없이 헤매는 영혼은 결국 길을 잃게 된다. 여기저기 기웃거리기만 하면 결국 어디에도 도달하지 못한다.

_미셸 드 몽테뉴, 『수상록』

고전의 지혜

하루에도 수십 번 휴대폰 알림이 울리고, 유튜브에선 쉬지 않고 재미있는 영상이 뜨지요. 집중하려고 앉아도 자꾸 딴생각이 나고, 친구들처럼 나도 뭔가 해 봐야 할 것 같은 기분이 들 때가 많아요. 그런데 여기저기 관심만 돌리다 보면 결국 아무것도 끝내지 못한 채 하루가 지나가 버리곤 하지요. 공부든 운동이든 취미든 상관없어요. 딱 하나만 정해서 정해 둔 시간 동안만 집중해 보세요. 매일 30분이라도 꾸준히 하다 보면 어느 순간 내가 진짜 좋아하는 게 뭔지, 어떤 방향으로 가고 싶은지 조금씩 분명해질 거예요.

생각해 보기

1. 하고 싶은 게 너무 많아서 오히려 아무것도 못 하게 되는 상황을 경험한 적이 있나요?

2. 나의 집중력을 가장 많이 빼앗는 것은 무엇인가요?

3. 집중이 잘되는 날과 전혀 안 되는 날의 차이는 무엇이라고 생각하나요?

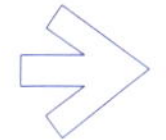

오늘의 미션

나의 관심사가 너무 많다고 느껴질 때는 우선순위를 정해 보세요. 지금 가장 중요한 건 무엇인지 한 줄로 적어 보세요.

웃는 사람이 가장
지혜로운 사람입니다

**고전
한 줄**

정말로 지혜로운 사람은 매일을 즐겁게 산다.
그 마음은 달 위에 있는 것들처럼 언제나
깨끗하고 밝아서 화가 나는 일이나 걱정거리가
와도 금세 잔잔해진다.

_ 미셸 드 몽테뉴, 『수상록』

**고전의
지혜**

지혜라고 하면 철학책이나 어른들의 조언 같은 걸 떠올릴 수
있어요. 지혜란, 꼭 거창한 말에서 시작되는 게 아니라 일상에
서 어떻게 받아들이고 행동하느냐에 더 가깝습니다. 예를 들
어, 급식 메뉴가 마음에 안 들어도 "오늘은 다이어트 하는 날
인가 보다" 하고 웃으며 넘기는 친구가 있지요. 갑자기 비가
와서 운동화가 다 젖었을 때도 "이참에 빨래 했다" 하며 가볍
게 받아들이는 친구도 있어요. 이렇게 유쾌하게 받아들이는
태도는 상황을 더 나쁘게 만들지 않고 오히려 마음을 편하게
풀어내는 힘이 됩니다. 지혜는 먼 데 있는 말이 아니라, 지금
내가 어떤 태도로 하루를 마주하느냐에서 시작됩니다.

생각해 보기

1. 분위기를 부드럽게 만들기 위해 했던 말이나 행동은 무엇인가요?

2. 웃고 나서 주변 사람의 반응이 바뀐 경험이 있다면 그때 어떤 변화가 있었나요?

3. 웃음을 통해 누군가를 위로한 적이 있나요? 어떤 상황이었고 어떤 말로 위로했나요?

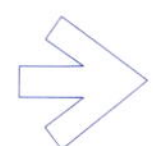

오늘의 미션

오늘 하루 동안 웃은 순간을 세 번 떠올리고 짧게 적어 보세요.

울어도 괜찮아요.
그건 나를 위한 일이에요

**고전
한 줄**

슬픔은 내가 거의 느끼지 않는 감정이다.
나는 그것을 좋아하지도, 귀하게 여기지도
않는다. 하지만 우는 것은 나에게 위로가 되고,
오히려 즐거움이 되기도 한다.

_미셸 드 몽테뉴, 『수상록』

**고전의
지혜**

"우는 것도 즐거움이다"라는 말은 처음엔 조금 이상하게 들릴
수 있어요. 하지만 울고 나면 마음이 한결 가벼워지는 순간을
누구나 한 번쯤은 경험해 봤을 거예요. 마음이 답답할 때 눈물
을 흘리는 건 오히려 내 감정을 솔직하게 마주하는 용기이기
도 해요. 슬픈 영화를 보며 조용히 우는 것도, 친구와 대화하
다가 눈물이 나는 것도 다 괜찮아요. 눈물은 약해서 흘리는 게
아니라 마음이 스스로 회복하려는 과정일 수 있어요. 철학자
아리스토텔레스는 이런 감정을 '카타르시스'라고 불렀어요.
울고 난 뒤 다시 웃을 수 있는 힘이 생긴다면 그건 내가 이미
회복을 시작하고 있다는 뜻입니다.

생각해 보기

1. 눈물이 나려고 할 때 참았던 경험이 있을 거예요. 그 이유는 무엇이고 어떤 생각이 드나요?

2. 슬픈 영화나 책을 보고 눈물이 난 적이 있다면 어떤 장면에서 그랬나요?

3. 누군가 내 앞에서 눈물을 흘렸을 때 어떤 감정을 느꼈고 어떻게 반응했나요?

오늘의 미션

'눈물이 나서 다행이야'라고 느낀 경험이 있다면 그때의 감정을 글로 표현해 보세요.

『수상록』 미셸 드 몽테뉴

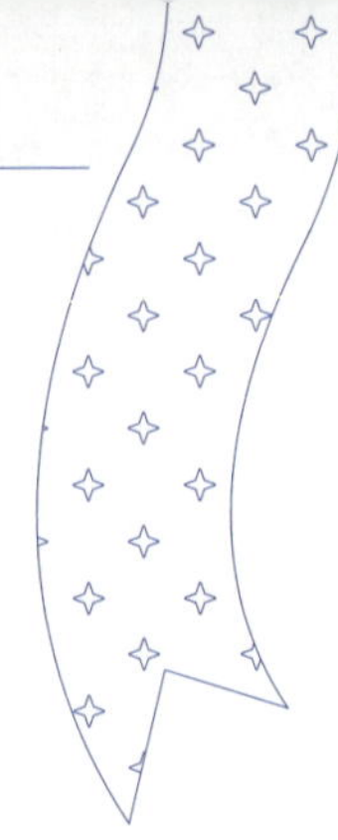

어떤 고전인가요?

『수상록』은 16세기 프랑스 철학자 미셸 드 몽테뉴가 평생에 걸쳐 집필한 에세이 모음집입니다. 그는 정치인, 법률가, 여행자 등 다양한 삶의 경험을 바탕으로 인간의 삶과 죽음, 우정, 교육, 습관, 두려움, 행복 같은 주제를 깊이 탐구했습니다. 특히 "나는 나 자신을 말한다"라는 선언처럼, 철학을 추상적 개념이 아닌 자기 고백과 일상적 사례로 풀어내며 독자와의 거리를 좁혔습니다. 몽테뉴의 글은 학문적 논문보다 편안한 대화에 가깝고, 덕분에 철학적 성찰을 처음 접하는 사람도 쉽게 공감할 수 있습니다.

이 책은 16세기 유럽 지식인 사회에서 큰 반향을 일으켰고, 이후 수많은 사상가와 작가들에게 영감을 주었습니다. 짧지만 날카롭고 함축적인 문장들은 시대를 넘어 읽는 이에게 생각의 여지를 남기며, 오늘날에도 자기 성찰과 삶의 균형에 대한 통찰을 제공합니다.

저자는 누구인가요?

미셸 드 몽테뉴(Michel de Montaigne, 1533~1592년)는 프랑스 보르도 인근의 귀족 가문에서 태어나 법학을 공부하고, 보르도 고등법원에서 법관으로 재직했습니다. 이후 정치에 입문해 보르도 시장을 역임했으나, 38세에 공직에서 물러나 고향 영지의 탑 서재에서 학문과 집필에 전념했습니다.

고전 문학과 역사, 철학에 대한 폭넓은 독서와 유럽 여러 지역을 여행하며 쌓은 견문을 지적 자산으로 삼았습니다. 또한, 종교 전쟁으로 분열된 시대에 관용과 평화를 강조하며, 권력과 이념보다 인간의 도덕적 성숙을 중시하는 태도를 보였습니다. 그의 생애와 사상은 프랑스 르네상스 지성의 한 정점을 이루었다고 평가됩니다.

더 읽어 볼 만한 고전은요?

○ 프랜시스 베이컨, 『수상록』

　경험과 관찰을 바탕으로 지혜를 정리한 짧은 단상들

○ 미셸 드 몽테뉴, 『여행기』

　여행을 통해 낯선 세계와 자신을 되돌아본 철학적 기록

이 책을 한마디로 말하면?

#생각하는삶 #자기성찰 #나는나자신을말한다 #에세이의시작 #불확실성의지혜 #일상을철학하다

다른 방식으로 감상해 볼까요?

▶ 일당백: 일생 동안 읽어야 할 백 권의 책

　어떤 삶을 살아야 하는가? 철학자가 제시하는 인생 철학과 통찰!: 몽테뉴의 『수상록』 1부

힘든 길 끝에
기쁨이 기다립니다

고전 한 줄

즐거운 길만 따라가면 결국 힘든 일이 따라오고,
어렵고 힘든 길을 선택하면 더 깊은 기쁨이
따라온다.

_플라톤, 『소크라테스의 변명』

고전의 지혜

즐거운 일만 골라 하다 보면 그 뒤에 감당해야 할 일이 생기기 마련입니다. 반대로 어렵고 힘든 선택을 하면 그 순간에는 괴롭지만 시간이 지나 더 깊은 기쁨이 따라옵니다. 시험공부, 운동, 새로운 악기 연습처럼 처음엔 힘들지만 끝내 웃게 되는 일이 많은 이유도 여기에 있습니다. 눈앞의 편함만 좇다 보면 오히려 더 큰 어려움을 겪게 되지만, 마음먹고 감수한 고생은 오래가는 만족으로 돌아옵니다. 기쁨과 고통은 따로 떨어져 있는 것이 아니라 서로 이어진 길 위에 있다는 걸 잊지 마세요.

생각해 보기

1. 지금 피하고 있는 '어려운 일'은 어떤 건가요?

2. 고통을 감수할 만한 가치가 있다고 느낀 일은 무엇인가요?

3. 힘들고 귀찮았지만 결국 잘했다고 느꼈던 선택은 무엇인가요?

오늘의 미션

오늘은 일부러라도 '즐거움보다 의미 있는 일'을 하나 선택해 보세요.

다른 사람을 깎아내리기보다
나를 키우세요

**고전
한 줄**

다른 사람을 깎아내리지 않고
나 자신을 더 나은 사람으로 만드는 것이
가장 좋은 삶의 방법이다.

_플라톤, 『소크라테스의 변명』

**고전의
지혜**

누군가를 헐뜯고 깎아내리는 말은 순간 속이 시원할지 몰라도 결국 나를 더 나은 사람으로 만들지는 못합니다. 오히려 그런 말은 내 마음을 텅 비우고 관계까지 상하게 만들지요. 반대로 남의 단점이 보일 때마다 그 안에서 내가 배울 점은 없는지 돌아보는 태도는 나를 조금씩 성장시킵니다. 가벼운 말로 누군가를 낮추기보다 말없이 자신을 다듬어 보세요. 누군가를 흉보는 시간에 내가 부족한 부분을 다듬는다면 어느새 나 자신이 달라져 있을지도 모릅니다. 친구의 단점을 이야기하기 전에 나는 어떤 모습으로 기억되고 싶은 사람인지 생각해 보면 어떨까요?

생각해 보기

1. 친구의 뛰어난 점을 인정하기가 어려웠던 적이 있나요?

2. 친구의 성취나 칭찬을 들었을 때 기쁘게 반응했나요?

3. 친구의 좋은 점을 인정하고 내 삶에 적용해 본 적이 있나요?

오늘의 미션

누군가를 흉보거나 깎아내리고 싶어졌던 순간이 있다면 그때 내가
할 수 있었던 더 좋은 행동은 무엇이었을지 생각해 보세요.

깊이 있는 사람 곁에 있어야
내가 자랍니다

**고전
한 줄**

지혜로운 사람은 자신의 한계를 알고,
자신보다 더 깊이 있는 사람과 함께하려 한다.
그들과의 대화 속에서 배우고 깨닫는 것을
기꺼이 받아들이며 이를 부끄러움이 아니라
성장의 기회로 여긴다.

_플라톤, 『소크라테스의 변명』

**고전의
지혜**

나보다 실력이 부족한 친구와 농구를 하다 보면 내가 더 잘하는 것 같아 괜히 우쭐해지는 순간이 있어요. 그런 상황에서는 내 실력이 그대로일 뿐 크게 나아지진 않아요. 반대로 나보다 훨씬 잘하는 친구와 함께 뛸 때, 처음엔 부담스럽고 기가 죽을 수도 있지만 그 안에서 배우는 게 훨씬 많습니다. 패스 타이밍, 움직임, 집중하는 자세 같은 게 자연스럽게 눈에 들어오지요. 처음엔 스스로가 작아 보일 수 있어도 그런 불편한 경험 속에서 진짜 성장이 시작돼요. 누군가를 이기려는 마음보다 더 잘하는 사람에게서 배우려는 마음이 여러분을 훨씬 멀리 데려다줄 거예요.

생각해 보기

1. 자신보다 더 깊은 생각을 지닌 사람과 함께 있을 때 어떤 마음이 드나요?

2. 친구에게서 배운 좋은 습관이나 태도에는 어떤 것이 있나요?

3. 내가 더 나아지기 위해서 지금 곁에 두고 싶은 사람은 어떤 사람인가요?

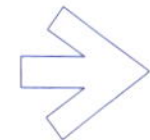

오늘의 미션

오늘 하루 동안 나보다 배울 점이 많은 친구나 선생님이 한 말을 한 가지 떠올려 보세요.

『소크라테스의 변명』 플라톤

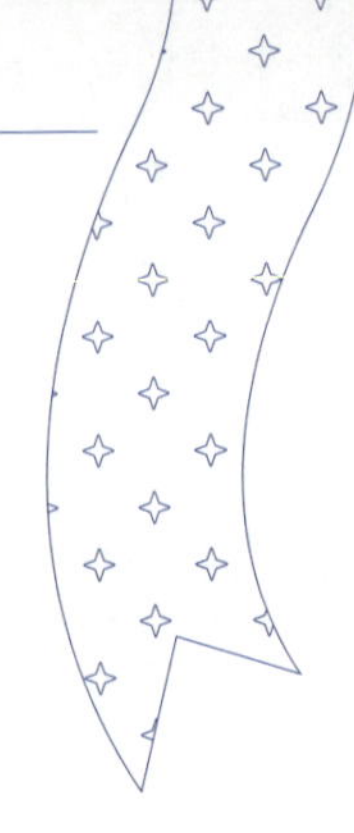

어떤 고전인가요?

『소크라테스의 변명』은 고대 그리스 철학자 플라톤이 스승 소크라테스의 재판 과정을 기록한 대화록입니다. 기원전 399년, 소크라테스는 '국가가 믿는 신을 부정하고 새로운 신을 전하며, 젊은 이들을 타락시켰다'라는 혐의로 아테네 법정에 서게 됩니다. 소크라테스는 재판정에서 자신의 철학과 삶의 태도를 차분하고 논리적으로 해명하며, 참된 지혜는 자신의 무지를 인정하는 데서 비롯된다고 주장합니다. 또 끊임없는 질문과 대화를 통해 진리를 추구해야 한다는 철학적 신념을 거침없이 펼쳐 보입니다.

그는 사형 선고를 앞두고도 신념을 굽히지 않았고, 불의에 굴복하기보다 죽음을 선택했습니다. 이런 태도는 철학을 말로만 전하는 것이 아니라 삶과 죽음을 통해 실천한 사례로 오늘날까지 회자됩니다. 『소크라테스의 변명』은 단순한 법정 기록을 넘어 사상가가 자신의 신념을 끝까지 지키는 모습과 그 의미를 담아낸 고전으로 진리와 정의를 향한 철학적 태도가 무엇인지 깊이 생각하게 합니다.

저자는 누구인가요?

플라톤(Platon, 기원전 427~347년)은 고대 그리스 아테네에서 태어난 철학자로 소크라테스의 제자이자 아리스토텔레스의 스승입니다. 젊은 시절 정치에 몸담았으나, 아테네 정치의 부패와 스승 소크라테스의 처형을 겪은 뒤 철학 연구에 전념하게 되었습니다. 그는 아테네 북서쪽에 '아카데메이아'를 세워 서양 최초의 고등 교육 기관을 운영하며 윤리, 정치, 인식론, 형이상학 등 폭넓은 분야를 탐구했습니다.

더 읽어 볼 만한 고전은요?

○ 찰스 디킨스, 『두 도시 이야기』

  혼란한 시대, 사랑하는 이를 위해 가장 아름다운 선택을 한 남자의 이야기

○ 하퍼 리, 『앵무새 죽이기』

  차별 앞에서도 꺾이지 않는 양심의 목소리

○ 윌리엄 셰익스피어, 『베니스의 상인』

  법과 자비 사이에서 인간의 정의를 묻는 이야기

이 책을 한마디로 말하면?

#철학의출발점 #당당한변론 #신념의목소리 #죽음을두려워하지않는자 #질문하는삶 #악법은고쳐야한다 #재판 #사형

다른 방식으로 감상해 볼까요?

▶ **EBSCulture**

  '위대한 철학자 소크라테스는 왜 사형을 당해야만 했을까?' 소크라테스의 죽음에 숨겨진 비밀

평온하게 살아 낸 사람이 행복한 사람입니다

고전 한 줄

젊은 사람보다 흔들림 없이 삶의 방향을 지켜 온 어른이 더 행복하다. 젊은이는 감정과 상황에 따라 쉽게 흔들릴 수 있기 때문이다.

_에피쿠로스, 『에피쿠로스 쾌락』

고전의 지혜

중학교, 고등학교 시절에는 마음이 하루에도 몇 번씩 요동칠 수 있어요. 아침엔 괜찮았던 일이 점심쯤엔 속상해지고, 별일 아닌 말 한마디에도 기분이 푹 가라앉기도 해요. 어떤 날은 내가 왜 그런 선택을 했는지도 잘 모르겠고, 분위기에 휩쓸려 말하거나 행동할 때도 있어요. 예를 들어, 친구가 장난으로 한 말인데도 그날따라 예민해서 괜히 오해하고 마음이 상할 때가 있습니다. 그런 나를 낯설게 느낄 수 있지만 사실 그건 누구나 겪는 성장의 과정입니다. 중요한 건 그런 시간 속에서도 '나는 어떤 사람이 되고 싶은가'를 스스로에게 자주 물어보는 거예요. 나만의 기준이 생기면 흔들리는 순간에도 중심을 지킬 수 있어요. 마음이 복잡할 땐 바로 반응하지 말고 단 5분만 더 생각해 보세요.

생각해 보기

1. 순간적인 감정 때문에 판단이 흐려진 경험이 있나요? 그때 어떤 기분이었고 무슨 선택을 했나요?

2. 어떤 태도를 가진 사람으로 기억되고 싶은가요?

3. 나를 뒤흔드는 상황에서 앞으로 더 지혜롭게 대처하려면 어떤 연습이 필요할까요?

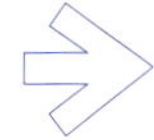

오늘의 미션

평소 지키고 싶었던 삶의 기준이나 태도 세 가지를 써 보세요.

져도 괜찮아요.
더 많이 배우니까요

고전
한 줄

학문적인 토론에서 지는 사람은
오히려 더 많은 것을 얻는다. 왜냐하면 그만큼
더 많이 배우기 때문이다.

_에피쿠로스, 『에피쿠로스 쾌락』

고전의
지혜

수업 시간에 친구랑 주제를 두고 얘기하다가 "아, 그건 네 말이 맞는 것 같아"라고 말한 적 있나요? 처음엔 지는 느낌이 들어 속상하지만, 곧 내가 그만큼 더 많이 배웠다는 걸 알게 됩니다. 토론은 누가 더 똑똑한지를 겨루는 게 아니라 서로의 생각을 넓히는 과정이에요. 내가 몰랐던 관점을 알게 되는 순간, 대화는 경쟁이 아니라 배움이 됩니다. 오히려 끝까지 자기 말만 고집하는 쪽이 손해를 볼 수도 있지요. 말을 잘하는 것보다 남의 말을 잘 듣는 사람이 더 많이 배우게 됩니다.

생각해 보기

1. 친구와 의견이 다를 때 주로 어떻게 반응을 하나요?

2. 내가 틀렸다는 걸 인정하는 것이 왜 어려울까요?

3. 상대방의 주장을 끝까지 듣는 연습을 해 본 적이 있나요?

오늘의 미션

누군가와 토론을 하게 된다면 '이기기'보다 '배우기'를 목표로 시도해 보세요.

배우는 동안에
기쁨은 이미 시작됩니다

고전 한 줄

다른 일은 과정이 끝나야 비로소 즐거움이 따르지만, 삶에 대한 공부는 배우는 그 순간에도 기쁨이 함께한다.

_에피쿠로스, 『에피쿠로스 쾌락』

고전의 지혜

대부분의 일은 오랫동안 애써야 비로소 기쁨이 따라옵니다. 운동을 오래 연습한 끝에 기록이 향상되거나 악기를 반복해서 연습한 끝에 한 곡을 완주할 때 비로소 뿌듯함을 느끼게 되지요. 그런데 삶에 대해 배우는 공부는 조금 다릅니다. 예를 들어, 친구와 진지하게 대화를 나누다가 내가 몰랐던 생각을 발견할 때, 책 한 줄을 읽고 갑자기 마음이 시원해질 때, 또는 선생님의 말 속에서 나를 돌아보게 될 때처럼, 배움은 지금 이 순간에도 조용히 기쁨을 줍니다. 이런 배움은 성적이나 결과로는 보이지 않지만 우리 마음이 조금 더 자라고 있다는 신호입니다.

생각해 보기

1. 공부가 성적과 상관없이 재미있던 순간이 있었다면 그건 언제였고 왜 그런 느낌이 들었나요?

2. 시험을 보거나 상을 주지 않아도 의미 있게 느껴졌던 수업이나 대화는 어떤 것이었나요?

3. 나만의 방식으로 배움을 즐긴 적이 있다면 그건 어떤 방식이었나요?

오늘의 미션

"나는 ___________을 배울 때 마음이 즐거워진다"라는 문장을 완성하고, 그 이유를 덧붙여 보세요.

『에피쿠로스 쾌락』 에피쿠로스

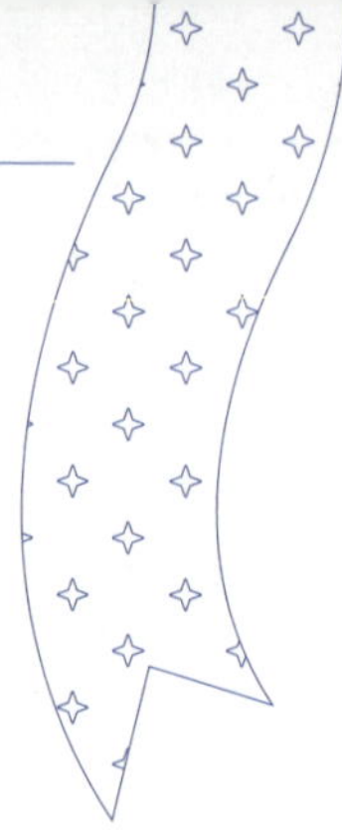

어떤 고전인가요?

『에피쿠로스 쾌락』은 고대 그리스 철학자 에피쿠로스의 사상을 모아 엮은 책으로 원전에서는 편지와 단편 기록 형태로 전해집니다. 그가 말한 쾌락은 잠깐의 즐거움이 아니라 몸의 고통이 없고(아포니아, aponia) 마음이 불안하지 않은 상태(아타락시아, ataraxia)를 뜻했습니다. 그는 욕망을 세 가지로 나누었는데, 첫째는 음식·의복·거처처럼 꼭 필요한 것, 둘째는 사치품·더 맛있는 음식처럼 없어도 되는 것, 셋째는 명예와 권력, 그리고 물질적 풍요에 대한 끝없는 욕망이었습니다. 그는 첫 번째 욕망만 충족하면 충분하며 나머지는 줄이거나 버려야 마음의 평온을 얻을 수 있다고 보았습니다. 책에는 그가 아테네 외곽에 세운 철학 공동체 '정원'에서의 생활도 담겨 있습니다. 그의 제자들은 정치 활동과 과시를 피하고, 필요한 만큼만 먹고 입으며 지냈습니다. 남는 시간에는 대화를 나누거나 책을 읽으며 철학을 공부했습니다. 『에피쿠로스 쾌락』은 현대의 과도한 소비문화 속에서도 욕심을 줄이고 작은 만족을 즐기는 삶의 가치를 보여 주는 책입니다.

저자는 누구인가요?

에피쿠로스(Epicouros, 기원전 341~270년)는 사모스섬에서 태어난 고대 그리스 철학자입니다. 어린 시절부터 글과 철학에 관심이 많았고, 젊은 시절 아테네로 가서 공부했습니다. 이후 미틸레 네와 람프사쿠스 등 여러 도시에서 제자를 가르치며 명성을 쌓았 습니다. 평생 약 300편의 저작을 남겼으나 대부분 소실되었고, 일부 내용만 다른 기록을 통해 전해집니다. 에피쿠로스의 사상은 로마 시대 시인 루크레티우스의 작품에도 소개되었고, 르네상스 이후 유럽 사상가들에게도 영향을 미쳤습니다. 오늘날에도 그의 이름은 행복과 삶의 태도를 이야기할 때 자주 언급됩니다.

더 읽어 볼 만한 고전은요?

○ 플라톤, 『향연』

　　사랑과 진리를 탐구하는 철학적 대화

○ 아우구스티누스, 『고백록』

　　신을 향한 신앙와 내면의 성찰

○ 장 자크 루소, 『에밀』

　　자연스러움 속에서 깨우치는 참된 배움

이 책을 한마디로 말하면?

#절제의쾌락 #마음의고요 #행복 #에피쿠로스주의 #소확행 #고통없는삶 #지혜로운 쾌락

다른 방식으로 감상해 볼까요?

▶ 뜬금없는책

　　[철학] 고대 그리스의 인싸 철학자, 에피쿠로스

길이 없다고 멈추지 마세요

**고전
한 줄**

아무도 가지 않은 길이라면 주저하지 않고
내가 스스로 만들어 가면 된다. 누군가 닦아 놓은
길이 아니더라도 나의 걸음이 쌓이면 새로운
길이 되고, 그 길은 나만의 세상으로 이어진다.

_장자, 『장자』

**고전의
지혜**

살다 보면 다른 사람들은 다 앞으로 가고 있는데, 나만 뒤처지는 것 같을 때가 있습니다. 친구들은 진로를 정했지만 나는 아직 무엇을 하고 싶은지 모르겠고, 모두가 다니는 학원도 나에겐 잘 맞지 않을 수도 있습니다. 예를 들어, 곤충을 채집하고 관찰하는 걸 좋아해 방과 후마다 숲으로 향하거나 폐품을 모아 나만의 발명품 만들기에 푹 빠져 있다면 남들이 이해하지 못해도 괜찮습니다. 드물고 낯선 일처럼 보여도 그것이 나다운 길이라면 충분히 의미가 있어요. 중요한 건 남들과 비교하지 않고 내 속도를 지키며 걸어가는 용기입니다.

생각해 보기

1. 이미 있는 길을 따라가기보다 스스로 개척해 보고 싶은 분야가 있다면 무엇인가요?

2. 요즘 흥미를 느끼는 활동은 다른 친구들과 어떤 점에서 다르다고 느끼나요?

3. 부모님이 걱정하실까 봐 좋아하는 걸 포기한 적이 있나요?

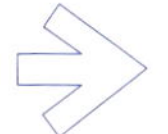

오늘의 미션

"길이 없으면 만든다"라는 말을 나만의 문장으로 바꿔 적어 보고, 그 문장을 오늘 하루 동안 떠올려 보세요.

너와 나, 두 날개가 필요해요

고전
한 줄

새는 두 날개가 함께 움직여야 높이 날 수 있다.
한쪽 날개만으로는 균형을 잃고 땅으로 떨어질
뿐이다. 삶도 마찬가지로, 한 방향이나
한 요소만으로는 온전해질 수 없다.

_장자, 『장자』

고전의
지혜

우리는 보통 나와 말이 잘 통하고, 행동이 비슷한 친구들과 함께 있을 때 편하다고 느낍니다. 반면, 반응이 느리거나 감정 표현이 적은 친구와 함께 있으면 어쩐지 어색함이 느껴집니다. 발표를 준비할 때 자꾸 혼자서 하겠다는 친구, 단체 활동 중 의견을 내지 않는 친구도 그런 경우일 수 있습니다. 그럴 때 '왜 저렇게 하지?'라고 단정 짓기보다는 '저 친구는 어떤 방식으로 상황에 참여하고 있을까?'를 생각해 보는 태도가 필요합니다. 겉으로 잘 드러나지 않아도 자기만의 방식으로 노력하는 사람이 있고, 그걸 알아주는 시선이 협력을 가능하게 만듭니다. 서로 다른 성격과 태도를 이해하려는 자세는 단순한 배려를 넘어서 더 넓은 시야를 가지게 해 줍니다.

생각해 보기

1. 나의 의견과는 충돌했지만 결과적으로 배운 점이 있었던 경험을 떠올려 보세요.

2. '틀림'이 아니라 '다름'이라고 느꼈던 순간은 언제였나요?

3. 처음엔 이해할 수 없었지만 시간이 지나 고마워졌던 사람은 누구였는지 이야기해 보세요.

오늘의 미션

나와 성향이 다른 친구와 한 팀이 되었을 때 어떤 장점이 있었는지 적어 보세요.

상대의 입장에서
한 번 더 생각해 보세요

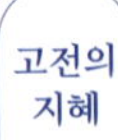

**고전
한 줄**

내가 하기 싫은 일이라면 다른 사람에게도
시키지 않는 것이 옳다. 나에게 벅차거나 불편한
일은 다른 사람도 힘들 수 있다는 것을 기억해야
한다. 서로의 처지와 마음을 헤아릴 때,
함께 지내는 세상은 더 부드럽고 따뜻해진다.

_장자, 『장자』

**고전의
지혜**

후배나 동생에게 심부름을 시킨 적이 있다면 그때를 떠올려
보세요. 내가 쉬고 있을 때 누군가가 억지로 부탁해 왔다면 기
분이 어땠는지도 함께 생각해 보면 좋겠습니다. 우리는 종종
자신도 하기 싫은 일을 나보다 어린 사람에게 떠넘기곤 합니
다. '나는 선배니까', '원래 이런 건 후배가 하는 거잖아' 같은
생각 때문이지요. 하지만 한 번쯤은 멈추고 '내가 저 입장이었
어도 괜찮았을까?'라고 스스로에게 물어볼 필요가 있습니다.
입장을 바꿔서 생각해 보면, 말이나 행동이 달라질 수 있어요.
어떤 관계든 상대의 자리에서 한 번 더 생각해 보려는 태도는
공감과 배려의 출발점이 됩니다.

생각해 보기

1. '나라도 이건 하기 싫다'라고 느꼈던 상황이 있다면 왜 그렇게 느꼈나요?

2. 내가 남에게 시켰던 일 중 내가 해도 싫었을 것 같은 일은 무엇인가요? 그때 왜 그렇게 말했나요?

3. 내가 다른 사람을 더 배려하기 위해 바꾸고 싶은 말 습관이나 행동이 있다면 무엇인가요?

오늘의 미션

후배나 동생에게 시키려던 일을 스스로 해 보세요. 그때 느낀 점을 짧게 적어 보세요.

『장자』 장자

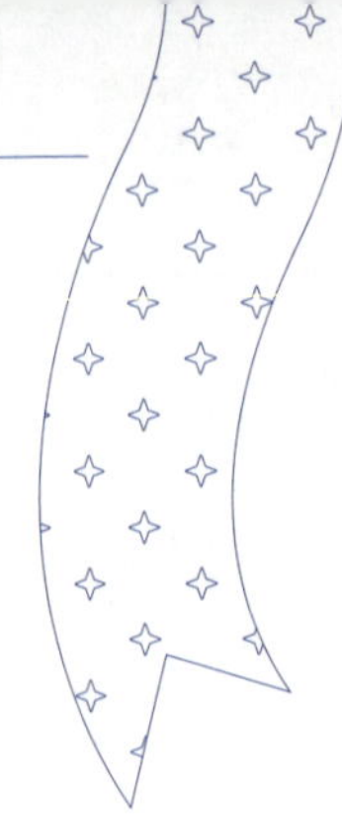

어떤 고전인가요?

『장자』는 기원전 4세기경 도가 철학자 장자가 남긴 글을 엮은 책입니다. 전국시대라는 격변의 시대적 배경 속에서 세상과 인간을 새롭고 낯선 시선으로 바라보는 사유를 담고 있습니다. 장자는 노자와 함께 '노장사상'의 양대 축으로 불리며, 인위적인 규범이나 경쟁에서 벗어나 자연과 조화를 이루는 삶을 이상으로 삼았습니다. 책은 내편(內篇), 외편(外篇), 잡편(雜篇)으로 구성되어 있으며, 각 편마다 우화, 풍자, 대화체를 활용해 철학적 사상을 생생하게 전합니다.

꿈속에서 나비가 된 '호접몽' 이야기처럼 『장자』는 현실과 상식을 뒤흔드는 상징과 비유로 고정된 관념을 풀어내며, 삶을 지나치게 무겁게 짊어질 필요가 없다는 메시지를 건넵니다. 단순한 철학서가 아니라 시적이고 유머러스한 문체로 사유의 자유로움을 일깨우는 고전으로 평가받습니다. 오늘날에도 바쁘고 복잡한 일상 속에서 잠시 멈추어 마음을 가볍게 하고, 세상을 더 넓게 바라보게 하는 힘을 지닌 책입니다.

저자는 누구인가요?

장자(莊子, 기원전 약 369~286년)는 전국시대 송나라 몽(蒙) 출신의 도가 철학자로 이름은 주(周)입니다. 혼란한 시대에도 벼슬에 나아가지 않고 은거하며 사유와 글쓰기에 전념했고, 부와 권력에 얽매이지 않는 삶을 지향했습니다. 노자의 생각을 이어받으면서도 자신만의 철학을 만들었고 개인의 자유와 마음의 평화를 중요시했습니다. 그의 생애와 사상은 중국 철학사에서 중요한 위치를 차지하며 동아시아 사상 전반에 깊은 영향을 미쳤습니다.

더 읽어 볼 만한 고전은요?

- 헬렌 니어링·스콧 니어링, 『조화로운 삶』

    자연과 조화를 이루며 사는 단순하고 평화로운 삶의 방식

- 버트런드 러셀, 『게으름에 대한 찬양』

    일만이 전부가 아닌 세상을 향한 철학자의 유쾌한 반론

- 알베르 카뮈, 『시지프 신화』

    아무리 힘든 하루라도 스스로 의미를 찾으며 살아가는 법을 알려 주는 책

이 책을 한마디로 말하면?

#욕심버리기 #자유로운정신 #무위의지혜 #비움의미학 #기발한비유 #가벼운삶

다른 방식으로 감상해 볼까요?

▶ 빅퀘스천

고전학자 전호근의 장자 완전 정복

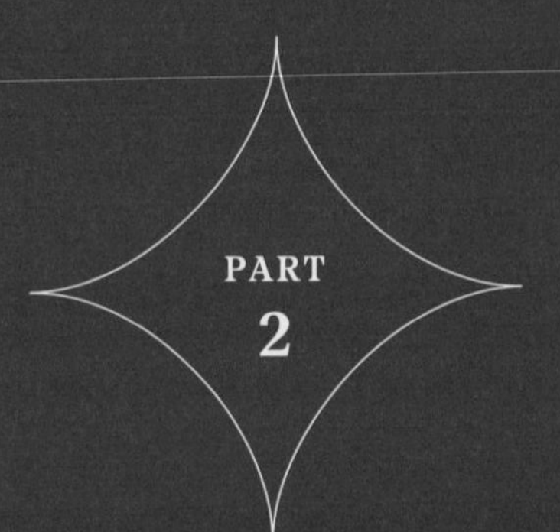
PART
2

세상과 맞서는 용기

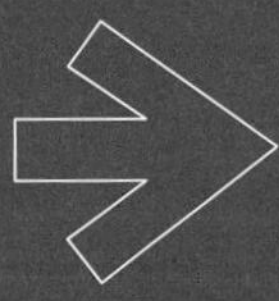

배움은 나눌수록 커집니다

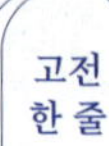

고전 한 줄

아직 배우지 못한 사람에게는 배움의 길을
열어 주어야 한다.
사회는 누구나 배울 수 있는 기회를
보장해야 한다.

_빅토르 위고, 『레 미제라블』

고전의 지혜

같은 반 친구인데도 누군가는 학원을 여러 군데 다니고, 최신 태블릿으로 문제를 풀고, 부모가 직접 공부를 도와주기도 합니다. 반면, 어떤 친구는 조용히 혼자 참고서를 펼치지만 진도가 잘 안 나가고, 배운 걸 복습할 시간도 부족하지요. 모두 같은 수업을 듣고 있지만 시작점은 그렇게 다를 수밖에 없습니다. 『레 미제라블』에서 위고는 배우지 못한 사람을 더 많이 가르쳐야 한다고 말합니다. 단지 개인의 노력 문제가 아니라, 사회가 공평한 배움의 기회를 만들어야 한다는 뜻이지요. 내가 배우고 있는 것들이 누구에겐 아직 기회조차 닿지 않았다는 사실을 안다면 지식은 나만의 것이 될 수 없습니다. 함께 배우고 함께 나누는 태도, 그게 우리가 바꿔야 할 교육의 모습입니다.

생각해 보기

1. 친구에게 내가 알고 있는 것을 설명해 준 경험이 있나요?

2. 사회는 모두가 배울 수 있는 환경이라고 생각하나요?

3. 누군가가 나를 가르쳐 줘서 고마웠던 적이 있나요?

오늘의 미션

내가 잘 알고 있는 것 중 하나를 친구에게 가르쳐 주세요. 작고 사소해도 괜찮습니다.

말보다 행동이
당신을 말해 줍니다

고전
한 줄

사람은 말이 아니라 행동으로 진짜 모습을 보여
준다. 아무리 그럴듯한 말을 해도 삶 속에서
선택하고 실천한 행동이 그 사람을 판단하는
기준이 된다.

_빅토르 위고, 『레 미제라블』

고전의
지혜

말은 누구나 할 수 있지만 행동이 그 사람을 더 정확히 보여
줍니다. "꼭 도와줄게"라고 말하던 친구가 정작 필요한 순간엔
보이지 않을 때, 반대로 말은 적지만 조용히 먼저 손 내밀어
주는 친구를 보면 진심이 느껴집니다. 표정이나 말투보다 어
떤 상황에서 어떻게 행동하는지를 보고 사람을 판단하게 되지
요. 작은 배려 하나, 책임을 피하지 않는 태도, 말보다 묵묵히
움직이는 모습이 오래 기억에 남습니다. 그 사람의 성격이나
마음이 어떤지를 가장 또렷하게 드러내는 건 결국 말보다 행
동입니다. 말로는 멋진 사람처럼 보일 수 있어도 일상에서 드
러나는 행동은 쉽게 속일 수 없으니까요.

생각해 보기

1. 내가 말한 것을 실제로 지키지 못했던 경험이 있다면 그 이유는 무엇이었나요?

2. 누군가의 행동이 깊은 인상을 준 적이 있나요? 그 행동은 어떤 것인가요?

3. 스스로 자랑스럽게 여긴 나의 행동은 무엇인가요?

오늘의 미션

말보다 먼저 행동으로 보여 줄 수 있는 일을 하나 정하고 실천해 보세요.

믿고 행동한다면
꿈은 결국 현실이 됩니다

고전
한 줄

상상만큼 미래를 만들어 내기에 적합한 것은
없다. 오늘의 상상 속 세상은 내일이 되면
살과 뼈를 가진 현실이 된다.

_박토르 위고, 『레 미제라블』

고전의
지혜

상상은 현실을 향한 출발점입니다. 하지만 아무리 멋진 상상
도 그저 머릿속에만 머무르면 세상은 달라지지 않아요. 지금
우리가 당연하게 누리는 것들, 이를테면 인공 지능, 손안의 작
은 컴퓨터, 스스로 운전하는 자동차가 모두 처음엔 말도 안 되
는 상상으로 시작되었습니다. 그 상상이 현실이 된 건 누군가
가 그것을 믿고 끝까지 포기하지 않았기 때문입니다. 상상은
혼자만의 꿈이 아니라 한 걸음씩 나아가려는 의지와 실천이
더해질 때 비로소 진짜 미래가 됩니다. 지금 내 마음에 떠오르
는 세상이 있다면 부끄러워하지 말고 끝까지 상상해 보세요.
그리고 그 상상을 이루기 위해 오늘 내가 할 수 있는 일을 작
게라도 실천해 보세요. 미래는 상상에서 시작되지만 그 미래
를 현실로 만드는 건 결국 움직이는 나 자신입니다.

생각해 보기

1. 상상하는 나를 응원해 준 사람이 있나요? 그 사람이 한 말은 무엇인가요?

2. 끝까지 포기하지 않고 노력해서 현실로 만든 일은 무엇인가요?

3. 지금 떠오르는 상상 중 꼭 이루고 싶은 것과 그 이유는 무엇인가요?

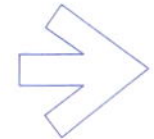

오늘의 미션

주변에서 '상상이 현실이 된 것' 세 가지를 찾아보고, 그것이 처음엔 어떤 상상이었을지 상상해 보세요.

『레 미제라블』 빅토르 위고

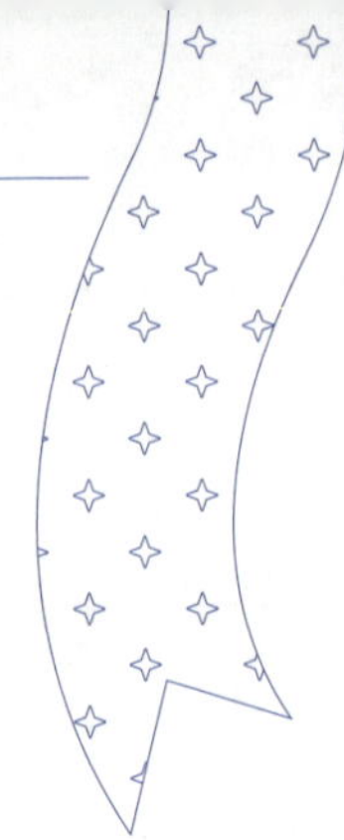

어떤 고전인가요?

『레 미제라블』은 빅토르 위고가 17년에 걸쳐 집필해 1862년에 출간한 장편 소설입니다. 프랑스의 7월 왕정 시기를 포함해 약 20여 년간의 사회상을 폭넓게 담았으며 역사적 사건과 실제 인물, 세밀한 도시 및 전쟁 묘사가 특징입니다. 위고는 망명지인 저지섬과 건지섬에서 원고의 상당 부분을 집필했으며, 당시 파리와 런던에서 동시 출간되어 큰 반향을 일으켰습니다. 초판 발간 직후 전 유럽에서 대규모 판매가 이루어졌고, 사회 문제를 다루는 문학의 대표작으로 자리 잡았습니다.

이 작품은 가난, 범죄, 사법 제도의 문제, 교육과 여성의 지위, 1832년 6월 봉기 등 19세기 프랑스의 현실을 구체적으로 그려 냈습니다. 특히 파리 하수도 묘사, 워털루 전투 장면, 거리의 생활상은 역사 자료로서도 가치가 높습니다. 출간 이후『레 미제라블』은 세계 각국에서 번역·출판되었고 연극, 뮤지컬, 영화 등 다양한 매체로 재탄생하며 대중문화에 지속적인 영향을 주고 있습니다.

저자는 누구인가요?

빅토르 위고(Victor Hugo, 1802~1885년)는 프랑스 동부 브장송에서 태어나 어린 시절부터 문학적 재능을 드러냈습니다. 나폴레옹 전쟁과 왕정 복고, 1848년 혁명 등 격동의 시대를 살아가며 정치와 사회 문제에 적극적으로 목소리를 냈습니다. 프랑스가 왕정과 제국, 공화정을 거치는 동안 일관되게 인권과 사회 정의를 옹호했고, 언론과 표현의 자유를 위해 싸웠습니다. 정치적 신념으로 인해 유배 생활을 하기도 했지만 이 시기에도 글쓰기를 멈추지 않았습니다. 시와 소설, 희곡을 넘나드는 방대한 작품 활동을 펼쳤으며 문학을 사회 변화의 도구로 여겼습니다.

더 읽어 볼 만한 고전은요?

○ 조지 오웰, 『1984』

감시와 통제 속에서도 인간의 자유를 갈망한 디스토피아적 경고

○ 장 코르미에, 『체 게바라 평전』

혁명가의 삶을 통해 드러난 이상과 현실의 간극

○ 빅토르 위고, 『노트르담 드 파리』

추함 속의 아름다움을 노래한 고딕 성당에 깃든 인간의 애환

이 책을 한마디로 말하면?

#구원과속죄 #장발장의여정 #정의란무엇인가 #인간의존엄 #프랑스대혁명그후 #사회적약자의목소리

다른 방식으로 감상해 볼까요?

▶ 사피엔스 스튜디오

'레 미제라블' 보기 전 필수 시청! 핏빛으로 물든 6월의 파리, 프랑스 혁명의 모든 것

욕심이 커질수록
마음은 메말라 갑니다

고전 한 줄

욕심은 채워질수록 더 커지며 결국 착하고
성실한 사람들에게 해를 끼쳐서라도 원하는 것을
빼앗으려는 마음이 생기게 된다.

윌리엄 셰익스피어, 『맥베스』

고전의 지혜

욕심은 거창한 것이 아니어도 생각보다 쉽게 생깁니다. 친구보다 점수가 낮게 나오면 조용히 속이 쓰리고, 옆 사람이 새 운동화를 신으면 내 운동화가 괜히 낡아 보입니다. 처음엔 비교가 아니라 그냥 부러운 마음이었을지 모릅니다. 하지만 계속 그런 마음에 사로잡히면 내가 이미 가진 것들이 잘 보이지 않게 됩니다. 눈앞의 것에 감사하지 못하면 아무리 새로운 걸 가져도 만족하긴 어려워집니다. 욕심을 없애는 건 어렵지만 그 감정을 바라보는 태도는 선택할 수 있습니다. 오늘 내가 가진 것을 살피고, 충분한 것을 놓치지 않는 하루를 살아 보는 것. 거기서부터 마음은 천천히 가벼워지기 시작합니다.

생각해 보기

1. 무언가를 너무 갖고 싶어서 다른 사람을 불편하게 한 적은 없었나요?

2. 욕심을 적당히 조절하려면 어떻게 해야 할까요?

3. 내 욕심을 키우게 하는 것들은 무엇인가요?

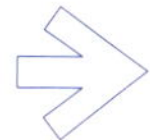

오늘의 미션

주변에서 '지나친 욕심' 때문에 생긴 문제를 떠올려 보세요.

사람 마음은
겉으로 다 보이지 않아요

**고전
한 줄**

사람의 얼굴만 보고는 그 마음속을 알 수 없다.
겉모습만으로는 그 사람이 품은 생각과 의도를
판단할 수 없다.

_월리엄 셰익스피어, 『맥베스』

**고전의
지혜**

사람 마음은 겉으로 보이지 않을 때가 많습니다. 어떤 친구는
아무렇지 않은 표정으로 하루를 보내지만 알고 보니 아침부
터 힘든 일이 있었다는 걸 뒤늦게 알게 되기도 하지요. 또 어
떤 친구는 늘 웃으며 지내지만 혼자 있는 시간엔 조용히 울고
있었던 경우도 있습니다. 겉으로는 평범해 보여도 누구나 각
자의 이유를 안고 하루를 버텨 내고 있는 겁니다. 말 한마디,
눈빛 하나로 누군가를 판단하기엔 우리가 모르는 마음이 너무
많습니다. 그래서 쉽게 판단하지 않으려는 마음이 오히려 사
람을 더 깊이 이해하게 해 줍니다.

생각해 보기

1. 말이 없고 표정이 무뚝뚝한 친구를 어떻게 받아들이고 있나요?

2. 처음엔 낯설고 어려웠지만 나중에 진심이 느껴졌던 사람이 있었나요?

3. 사람의 마음을 더 잘 이해하기 위해 나에게 필요한 태도는 무엇인가요?

오늘의 미션

다른 사람의 겉모습을 보고 어떤 생각을 했는지 적어 보세요. 그리고 그것이 맞았는지 돌아보세요.

되돌릴 수 없다면
잊는 것도 용기입니다

고전 한 줄

이미 저지른 일은 자꾸 생각하지 말아야 한다.
그렇지 않으면 마음이 무너진다.

**윌리엄 셰익스피어, 『맥베스』**

고전의 지혜

자려고 누웠을 때, 문득 떠오르는 기억이 있습니다. 벌써 몇 달, 몇 년이 지났는데도 그 장면만 떠올리면 마음이 무거워지는 일. '그때 왜 그랬을까', '조금만 다르게 행동했으면' 같은 생각이 자꾸 고개를 들지요. 하지만 아무리 오래 들여다봐도 지나간 일은 달라지지 않습니다. 오히려 거기에 오래 머무를수록 내가 할 수 있는 일들은 점점 흐려집니다. 다 잊으려고 애쓰지 않아도 괜찮습니다. 다만 이제는 그 기억보다 지금 내가 살아가는 하루에 마음을 더 써 보세요. 그 방향을 택할 때, 과거에 머물던 내가 조금씩 앞으로 걸어 나가기 시작합니다.

생각해 보기

1. 지나간 일에 대한 생각을 멈추기 어려울 때 어떤 방법이 도움이 되나요?

2. 자꾸 떠올리는 실수나 후회는 무엇인가요?

3. 다른 사람에게는 쉽게 "괜찮다"라고 말하면서 나에게는 왜 그렇게 말하지 못할까요?

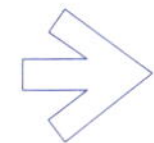

오늘의 미션

반복해서 떠올리던 후회의 문장을 새로운 긍정의 문장으로 바꿔 보세요.

『맥베스』 윌리엄 셰익스피어

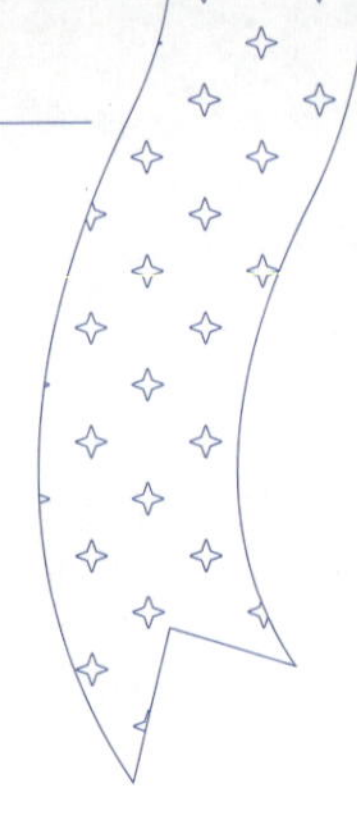

어떤 고전인가요?

『맥베스』는 영국 극작가 윌리엄 셰익스피어가 1606년경에 발표한 비극으로 인간의 마음속에 숨어 있는 야망과 불안, 그리고 양심의 충돌을 깊이 있게 그린 작품입니다. 스코틀랜드의 장군 맥베스가 전쟁에서 승리한 뒤 세 마녀로부터 "왕이 될 것"이라는 예언을 듣고, 권력에 대한 기대와 욕망에 사로잡히게 됩니다. 그는 처음에는 주저하지만 아내인 레이디 맥베스의 부추김을 받아 마침내 던컨 왕을 살해하고 왕위에 오릅니다.

이 작품은 권력과 성공에 대한 집착이 어떻게 인간의 도덕성을 무너뜨리고, 불안과 죄책감이 어떤 파국을 불러오는지를 차분하게 보여 줍니다. 예언과 욕망, 그리고 두려움이 얽혀 내린 선택이 어떤 결과를 낳는지를 끝까지 따라가며 인간 내면의 어두운 심리를 집요하게 파고듭니다. 특히 등장인물들의 대사와 독백을 통해 겉모습만으로는 알 수 없는 인간 마음의 복잡함과 변화무쌍함을 생생하게 드러낸 비극입니다.

저자는 누구인가요?

윌리엄 셰익스피어(William Shakespeare, 1564~1616년)는 영국 르네상스 시대를 대표하는 극작가이자 시인입니다. 잉글랜드 중부 스트랫퍼드 어폰 에이번(Stratford Upon Avon)에서 태어나 20대중반에 런던으로 건너가 배우와 극작가로 활동을 시작했습니다. 희곡, 시, 소네트를 포함해 37편의 희곡과 150편이 넘는 시를 남겼으며, 특히 비극, 희극, 역사극 등 다양한 장르에서 뛰어난 작품성을 보여 주었습니다. 인간의 욕망과 갈등, 사랑과 배신, 권력과 양심 같은 보편적인 주제를 깊이 탐구하여 '인간의 마음을 가장 잘 쓴 작가'라는 평가를 받습니다. 셰익스피어의 작품은 오늘날에도 전 세계에서 공연되고 번역되고 있으며, 영어 문학뿐 아니라 세계 문학 전체에 지대한 영향을 끼쳤습니다.

더 읽어 볼 만한 고전은요?

○ 윌리엄 셰익스피어, 『햄릿』

　복수와 진실 사이에서 고뇌하는 청년의 내면 독백

○ 소포클레스, 『오이디푸스 왕』

　피할 수 없는 운명 앞에 마주한 인간의 슬픔과 깨달음

○ 아서 밀러, 『세일즈맨의 죽음』

　성공만을 좇던 가장의 몰락과 삶의 진짜 의미를 되묻는 현대의 비극

이 책을 한마디로 말하면?

#욕망의끝 #양심과불안 #마녀의예언 #무너지는내면 #비극의길목 #셰익스피어정신

다른 방식으로 감상해 볼까요?

▶ 배드 테이스트

　내가 왕이 될 상인가!-맥베스의 비극

처음 먹는 음식이 주는
용기도 있습니다

**고전
한 줄**

식탁에 어떤 음식이 차려져 있는지에 대해서는
거의, 아니 아예 신경 쓰지 않았다.

_벤저민 프랭클린, 『벤저민 프랭클린 자서전』

**고전의
지혜**

해외여행도 많이 가고 다양한 문화 속에서 살아가는 시대입니
다. 그만큼 새로운 나라의 음식이나 낯선 식재료를 마주했을
때, 편견 없이 받아들이는 태도도 중요한 덕목이 됩니다. 누군
가는 새우가 들어간 음식이 낯설다고 젓가락을 들지 못하고,
또 누군가는 향신료 냄새만으로 어떤 요리를 거부하기도 합
니다. 하지만 프랭클린처럼 음식에 대해 까다롭지 않은 태도
는 새로운 문화를 받아들이는 첫걸음이 될 수 있습니다. 낯선
음식 앞에서 한 번쯤 용기를 내 보는 것. 그것만으로도 마음의
문이 더 넓어질 수 있습니다.

생각해 보기

1. 처음에는 낯설었지만 계속하다 보니 익숙해진 경험이 있다면 무엇인가요?

2. 친구들이 안 해 본 걸 혼자 도전한 적이 있나요? 그때 어떤 기분이었나요?

3. 익숙한 일보다 낯선 일에 더 끌린 적이 있다면 그 이유는 무엇인가요?

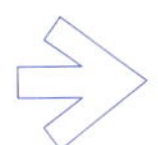

오늘의 미션

학교 급식에서 평소에 안 먹던 반찬 하나를 골라 먹어 보세요.

결국 빛날 사람은 나예요

**고전
한 줄**

공을 누가 가져가든 조급해 하지 말라.
질투를 사지 않고 여유롭게 양보하는 사람이
결국 더 크게 인정받는다.

_벤저민 프랭클린, 『벤저민 프랭클린 자서전』

**고전의
지혜**

학교에서는 누가 어떤 일을 도왔는지보다 누가 가장 먼저 칭찬받았는지가 더 눈에 띌 때가 있어요. 동아리 발표나 축제 준비처럼 여러 사람이 함께한 일일수록 앞에 나선 사람만 주목받기 쉬워요. 그래서 뒤에서 조용히 도운 사람은 억울한 마음이 들기도 하지요. 하지만 괜찮아요. 겉으로 드러나지 않아도 진심 어린 태도와 꾸준한 노력을 알아보는 눈은 반드시 있기 마련이에요. 당장은 티 나지 않아도 자기 자리를 묵묵히 지키며 해 온 일은 언젠가 빛을 발하게 되어 있어요. 그러니 조급해 하지 않아도 괜찮습니다. 결국 오래 빛나는 사람은 조용히 책임을 다해 온 사람이니까요.

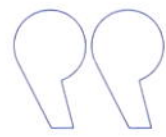

생각해 보기

1. 처음엔 누구도 알아주지 않았지만 나중에 인정받았던 적이 있다면 어떤 경험이었나요?

2. 공을 가져가는 사람보다 조용히 돕는 사람의 태도에서 무엇을 느꼈나요?

3. 남을 질투해 본 적이 있다면 그 이유는 무엇인가요?

오늘의 미션

나중에 꼭 인정받고 싶은 나의 노력을 하나 정리해 보세요.

함께 해 보자고
먼저 제안해 보세요

고전
한 줄

사람은 누군가에게
가르침을 당한다고 느끼지 않을 때,
가장 잘 배운다.

_벤저민 프랭클린, 『벤저민 프랭클린 자서전』

고전의
지혜

친구가 과제를 잘못 이해하고 있을 때 나도 모르게 "그건 그렇게 하는 거 아니야"라고 말할 때가 있어요. 도와주고 싶은 마음이었지만 말투에 '내가 더 잘 알아' 같은 느낌이 들어가면 상대는 오히려 기분이 상하거나 마음을 닫아 버릴 수 있어요. 같은 말을 해도 "나도 처음엔 헷갈렸는데 이렇게 해 보니까 좀 괜찮더라" 하고 꺼내면 훨씬 부드럽게 전해지지요. 진짜 배움은 아는 사람이 모르는 사람을 끌고 가는 게 아니라 나란히 걷는 느낌을 줄 때 일어나요. 중요한 건 누가 더 많이 아느냐보다 상대가 편하게 받아들일 수 있도록 배려하는 태도예요. 그런 태도 안에서 배움은 자연스럽게 서로에게 스며들게 됩니다.

생각해 보기

1. 내 말투나 태도 때문에 오해를 샀던 경험이 있다면 어떤 상황이었나요?

2. 누군가의 설명을 들을 때 기분이 좋았던 이유는 무엇인가요?

3. 내가 잘 아는 걸 자연스럽게 전달하려면 어떤 말투가 좋을까요?

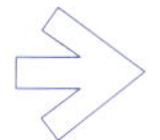

오늘의 미션

누군가에게 무언가 설명할 때 "나도 최근에 알게 된 건데…"라는 말로 시작해 보세요.

『벤저민 프랭클린 자서전』 벤저민 프랭클린

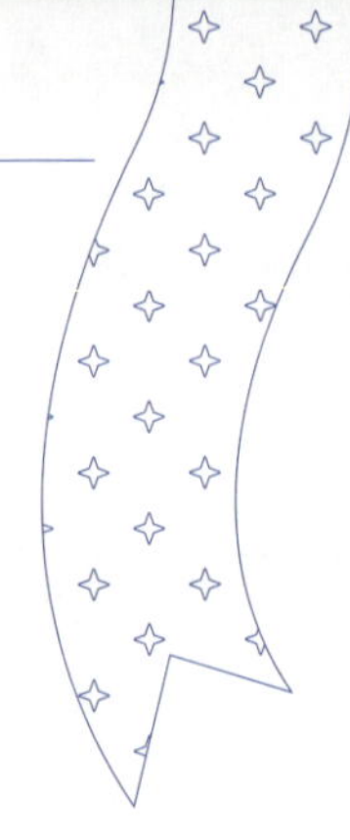

어떤 고전인가요?

『벤저민 프랭클린 자서전』은 미국 독립혁명기의 정치가이자 발명가, 인쇄업자였던 프랭클린이 남긴 자서전입니다. 자기계발서의 시초라 불릴 만큼 실용적이고 구체적인 삶의 지혜를 담고 있습니다. 그는 자신이 젊은 시절부터 실천해 온 13가지 덕목을 정리하고, 어떻게 습관을 훈련하며 살아왔는지를 스스로 점검하듯 서술합니다.

처음엔 성공한 인물의 회고처럼 보일 수 있지만 그 안에는 꾸준함, 절제, 독서, 자기 성찰 등 시대를 넘어 공감할 만한 실천적 가치가 녹아 있습니다. 무엇보다도 이 책은 '평범한 사람이 스스로를 다듬어 어떻게 삶을 바꿔 나갈 수 있는지'를 보여 줍니다. 오늘날 100달러 지폐의 주인공이 된 인물의 삶에서 배울 점을 생생하게 담고 있습니다.

저자는 누구인가요?

벤저민 프랭클린(Benjamin Franklin, 1706~1790년)은 미국의 정치가, 과학자, 발명가, 언론인, 외교관으로 다방면에서 탁월한 업적을 남긴 인물입니다. 보스턴에서 태어나 인쇄업 견습공으로 경력을 시작했으며 자수성가해 성공한 출판인이 되었습니다. 번개가 전기라는 사실을 증명한 '연과 열쇠 실험', 피뢰침 발명 등 과학과 실용 기술 발전에도 큰 기여를 했습니다. 미국 독립선언문과 헌법 제정 과정에 참여했고, 프랑스와의 동맹을 이끌어 내는 등 외교 활동에서도 중요한 역할을 했습니다. 검소한 생활과 자기계발을 중시한 그는, 평생의 경험과 교훈을 담아『벤저민 프랭클린 자서전』을 집필해 후대에 큰 영향을 주었습니다.

더 읽어 볼 만한 고전은요?

○ 데일 카네기,『자기관리론』

　자신을 단련하는 법을 정리한 근대 자기계발 고전

○ 데일 카네기,『인간관계론』

　사람들과 좋은 관계를 맺는 법을 전한 소통의 지혜

○ 스티븐 코비,『성공하는 사람들의 7가지 습관』

　자기 주도적이고 균형 잡힌 삶을 위한 실천적 원칙

이 책을 한마디로 말하면?

#스스로를단련하는삶 #실천하는지혜 #13가지덕목 #자기성찰 #습관의힘 #프랭클린자서전 #100달러의주인공 #미국건국의아버지

다른 방식으로 감상해 볼까요?

▶ **하루한권TV**
　벤저민 프랭클린의 13가지 철칙

고생 끝 행복 시작?
삶은 그렇게 간단하지 않아요

**고전
한 줄**

삶은 일상의 긴장과 지혜로운 해결이 계속되는
과정이지, 한참 고생해서 모든 걸 완벽하게 해
놓고 그다음부터 편하게 살아가는 식이 아니다.

_스콧 니어링, 『스콧 니어링 자서전』

**고전의
지혜**

"지금만 참고 고생하면 언젠간 다 끝나고 행복해질 거야"라
는 말을 들어 본 적이 있을 거예요. 시험이 끝나면, 입시가 끝
나면, 취업만 하면 인생이 한결 편해질 거라고요. 하지만 현실
이 꼭 그렇지만은 않아요. 하나를 넘기면 또 다른 고민이 생기
고, 예상하지 못한 문제가 계속 찾아오기도 하니까요. 그렇다
고 해서 너무 겁낼 필요는 없어요. 삶은 완벽해진 다음에 시작
되는 게 아니라 매일 조금씩 부딪히고 해결해 나가는 과정이
니까요. 그렇게 하루하루를 잘 살아 내는 힘이 결국 나만의 길
을 만들어 줍니다.

생각해 보기

1. 무언가를 끝냈지만 금세 또 새로운 고민이 생긴 경험이 있다면 어떤 일인가요?

2. 힘든 시기였지만 스스로 잘 이겨 냈다고 느낀 순간은 언제였나요?

3. 오늘 하루 동안 제일 잘한 일은 무엇인가요?

오늘의 미션

미뤄 둔 일 하나를 정해 완벽하지 않아도 되니 일단 시작이라도 해 보세요.

동물은 장난감도 물건도 아니에요

고전 한 줄

우리와 함께 살아가는 동물들도
우리처럼 생명의 권리를 가지고 있다.

_스콧 니어링, 『스콧 니어링 자서전』

고전의 지혜

길에서 버려진 강아지를 보면 마음이 아프지만 정작 누가 그 아이를 버렸는지는 생각하지 않을 때가 많아요. 어떤 사람들은 동물을 쉽게 사고팔고, 귀찮아지면 버리거나 방치하기도 해요. 공장식 축산처럼 생명을 단순히 '먹기 위한 물건'처럼 다루는 방식도 여전히 존재하지요. 하지만 동물도 고통을 느끼고 감정이 있으며, 나처럼 살아 숨 쉬는 존재예요. 생명의 무게를 다르게 보는 태도는 결국 약한 존재에 대한 폭력으로 이어질 수 있어요. 우리가 조금 더 의식하고 배려한다면 더불어 사는 삶도 가능하지 않을까요? 동물을 사랑하는 건 단지 귀여워서가 아니라 존중받아야 할 생명이기 때문입니다.

생각해 보기

1. 키우는 동물(혹은 우연히 만난 동물)을 생명으로서 존중했던 순간이 있다면 언제인가요?

2. 유기견이나 유기묘를 마주쳤을 때 어떤 감정을 느꼈고, 어떻게 행동했나요?

3. 동물의 권리를 보호하기 위해 당장 실천할 수 있는 일은 무엇이라고 생각하나요?

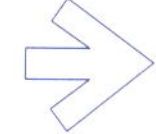

오늘의 미션

SNS에서 동물 학대를 미화하거나 소비하는 콘텐츠가 있다면 팔로우를 취소하거나 제보해 보세요.

나만을 위한 삶으론
충분하지 않아요

고전 한 줄

조금 더 완전한 삶을 살기 위해서는
나 자신을 넘어서 다른 사람도 포함한
어떤 이상이나 이념을 향해 나아가야 한다.

_스콧 니어링, 『스콧 니어링 자서전』

고전의 지혜

가끔은 '내 일도 바쁜데 남까지 신경 써야 해?'라는 생각이 들 때가 있어요. 학교 과제에 시험 준비까지 벅찬데 사회 문제나 다른 사람의 고통까지 돌아보기란 쉽지 않지요. 하지만 내 문제만 해결한다고 해서 삶이 꼭 더 나아지진 않아요. 급식 봉사나 기부, 환경 동아리처럼 나 외의 가치를 위해 뭔가를 해 본 경험이 있다면 그 시간이 내 마음도 더 깊어지게 했다는 걸 알게 될 거예요. 그런 경험은 단지 '좋은 일'이 아니라 내가 어떤 사람으로 살아가고 싶은지를 고민하게 만드는 기회이기도 해요. 누군가를 위해 움직여 본 시간만큼 나 자신도 자라나기 때문입니다.

생각해 보기

1. 친구나 후배를 도와주면서 오히려 내가 더 많이 배운 적이 있나요? 그때 어떤 느낌이 들었나요?

2. '이건 내 일이 아닌데?' 하고 지나쳤던 일이 나중에 후회로 남은 적이 있다면 어떤 상황이었나요?

3. 혼자서만 잘하려고 했던 순간과 함께하려고 했던 순간 사이에 어떤 차이를 느꼈나요?

오늘의 미션

학교 또는 지역 사회에서 실천 가능한 작은 봉사 활동 아이디어를 생각하고 메모해 보세요.

『스콧 니어링 자서전』 스콧 니어링

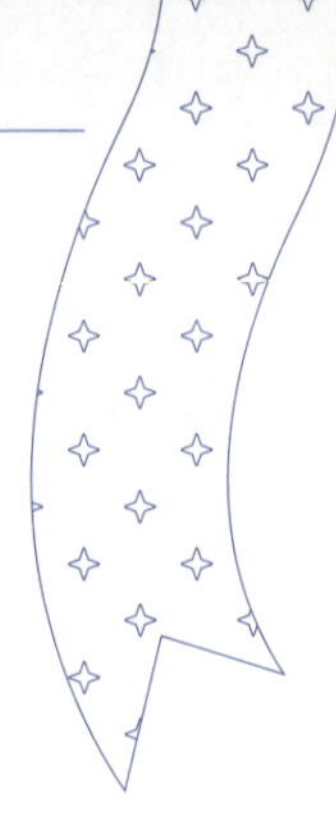

어떤 고전인가요?

『스콧 니어링 자서전』은 미국의 대표적 사회운동가이자 환경운동가인 스콧 니어링이 자신의 삶을 되돌아본 회고록입니다. 어린 시절부터 학문 활동, 대학에서의 해직 사건, 이후 사회운동과 농촌 생활 실천까지 구체적인 경험이 기록되어 있습니다. 특히 파트너 헬렌 니어링과 함께한 '좋은 삶(Good Life)' 실험은 자연과 더불어 살아가는 대안을 제시합니다. 또한, 1945년 히로시마 원폭 투하 직후 대통령에게 항의 편지를 보낸 일화는, 개인의 신념이 사회적 발언으로 이어질 수 있음을 보여 줍니다. 이 책은 한 사람이 평생 어떻게 신념을 지키며 살아갈 수 있는지를 증언하는 중요한 고전입니다.

더 나아가 그의 기록은 20세기 미국 사회의 불평등과 전쟁, 환경 파괴를 비판하는 생생한 목소리이기도 합니다. 단순한 개인의 회고록을 넘어 시대의 모순과 대안을 담아낸 사회적 문서로 읽을 수 있습니다. 또한, 자본주의 중심의 삶에 회의를 느끼는 이들에게 새로운 삶의 방향을 제시합니다. 오늘날에도 환경을 지키며 검소하게 살고 싶은 사람들에게 구체적인 길잡이가 되어 주는 책입니다.

저자는 누구인가요?

스콧 니어링(Scott Nearing, 1883~1983년)은 미국의 경제학자이자 사회운동가, 생태사상가입니다. 노동운동, 반전운동, 환경운동에 앞장섰고, 아내 헬렌 니어링과 함께 농촌에서 자급자족의 삶을 실천하며 검소하고 평화로운 생활을 추구했습니다. 100세까지 다수의 저서와 강연을 이어 가며 자연과 인간이 조화를 이루는 삶의 방식을 전파했습니다.

더 읽어 볼 만한 고전은요?

◦ 헬렌 니어링·스콧 니어링,『조화로운 삶』

  자연 속에서 검소하고 자립적으로 살아간 부부의 진솔한 일상 기록

◦ E. F. 슈마허,『작은 것이 아름답다』

  성장과 경쟁 대신 소박함과 공존을 이야기하는 경제 철학서

◦ 헨리 데이비드 소로,『시민 불복종』

  불의한 제도에 맞서 양심을 지키는 삶의 태도

이 책을 한마디로 말하면?

#자연 #실천하는지식인 #스콧니어링 #평화와정의 #삶의철학 #생태적삶 #비폭력저항

다른 방식으로 감상해 볼까요?

▶ KBS 스페셜

  조화로운 삶: 니어링 부부의 후예들

남들이 걷는 길보다
내가 걷는 길이 중요해요

**고전
한 줄**

근육처럼 마음도 직접 써야 자란다.
남들이 하는 대로만 따라가면 생각하는 힘은
점점 약해질 수밖에 없다.

_존 스튜어트 밀, 『자유론』

**고전의
지혜**

요즘은 스터디 카페에서 공부하는 것이 자연스럽게 느껴집니다. 하지만 그 조용한 공간이 정말 나에게 맞는 곳인지 깊이 고민해 본 적은 많지 않은 것 같습니다. 어떤 친구는 도서관에서, 또 어떤 친구는 집의 구석 자리에서 더 잘 집중하기도 하니까요. 중요한 건 남들이 정해 놓은 방식이 아니라 나에게 어울리는 공부의 리듬과 환경을 찾는 것입니다. 공부는 시간만 오래 들인다고 되는 일이 아니기 때문에 나한테 맞는 장소와 방식이 무엇인지 스스로 점검해 보는 태도가 필요합니다. 이런 선택의 경험이 쌓이면, 남의 기준에 끌려가지 않고 스스로 판단하고 조절하는 힘도 함께 자라게 됩니다.

생각해 보기

1. 요즘 내 말투나 행동 중에 '이건 그냥 유행이라서 하는 것 같아' 싶은 게 있다면 무엇인가요?

2. 진로, 동아리, 취미 등을 선택할 때 '나의 기준'보다 '남들이 하는 걸 기준으로 삼았던' 경험이 있나요?

3. 남들과 다르게 행동했지만 오히려 뿌듯했던 순간이 있다면 어떤 경험이었나요?

오늘의 미션

서점이나 도서관에서 지금 궁금하거나 끌리는 책 제목을 하나 골라 보세요. 남의 추천보다 내 직감을 믿어 보는 시간이 될 거예요.

설득의 과정이 나를 성장시켜요

고전 한 줄

나와 다른 의견을 가진 사람과 이야기하며
설명하거나 그 생각을 반박하려 애쓰는 과정에서
오히려 진리를 더 깊이 이해하게 된다.

_존 스튜어트 밀, 『자유론』

고전의 지혜

반대 의견을 들으면 순간 당황하거나 기분이 상할 수 있습니다. '내가 뭘 잘못했나?', '혹시 나를 싫어하나?' 같은 생각이 먼저 드는 것도 자연스러운 반응입니다. 하지만 그 의견에 바로 맞서기보다는 내가 했던 말을 다시 돌아보고 부족했던 부분이 있었는지 생각해 보면 좋습니다. 내 생각을 설명하다 보면 놓쳤던 부분을 다시 정리하게 되고, 말의 흐름도 더 명확해질 수 있으니까요. 토론 시간이나 발표 후에 나온 반응이 불편하게 느껴질 수도 있지만, 그 과정을 통해 내 생각이 더 설득력 있게 바뀌는 경우도 많습니다.

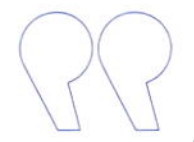

생각해 보기

1. 누군가 내 의견에 반대했을 때 어떤 감정이 가장 먼저 느껴지나요?

2. 내 주장에 확신이 없을 때와 확신이 있을 때, 다른 사람을 설득하는 태도는 어떻게 달라지나요?

3. 누군가를 설득하기 위해 특별히 준비했던 일이 있다면 그 과정과 결과는 어땠나요?

오늘의 미션

내가 잘 안다고 생각했던 주제를 설명하다가 막히거나 헷갈렸던 경험을 떠올려 보고, 왜 그런 일이 생겼는지 생각해 보세요.

혼자 생각하면 놓치는 게 있어요

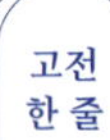

**고전
한 줄**

내 생각이 아무리 옳아 보여도
다른 사람과 이야기해 보지 않으면
그것이 편견일 수도 있다.

_존 스튜어트 밀, 『자유론』

**고전의
지혜**

혼자 생각할 때 완벽해 보이던 의견도 친구와 이야기하다 보면 허점이 드러납니다. 예를 들어, 발표 준비를 마쳤다고 생각했는데 친구가 "이 부분은 앞뒤가 안 맞는 것 같아"라고 말해 줘서 다시 수정한 적이 있을지도 모릅니다. 글을 쓸 때도 난 잘 썼다고 느낀 문장이 누군가에겐 모호하게 읽힐 수 있습니다. 말로 꺼내 보고, 피드백을 받고, 다시 다듬는 과정에서 생각은 조금씩 더 깊어지고 또렷해집니다. 혼자 판단한 걸 바로 확신하지 말고, 누군가와 함께 점검하고 조율해 보세요. 그런 경험이 쌓이면 의견을 표현하는 방식도 더 정교해질 수 있습니다.

생각해 보기

1. 친구나 선생님과 대화하면서 내 생각이 바뀐 적이 있다면 어떤 내용이었고 어떻게 달라졌나요?

2. 내가 낸 아이디어나 주장에 반대 의견이 나왔을 때 어떻게 반응했나요?

3. 글을 쓰고 나서 다른 사람의 피드백을 듣는 게 왜 중요하다고 생각하나요?

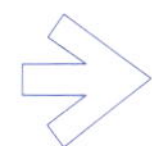

오늘의 미션

내가 내린 판단이나 결정 중 누군가와 함께 검토했더라면 더 나은 선택이 되었을 일을 떠올려 보세요.

『자유론』 존 스튜어트 밀

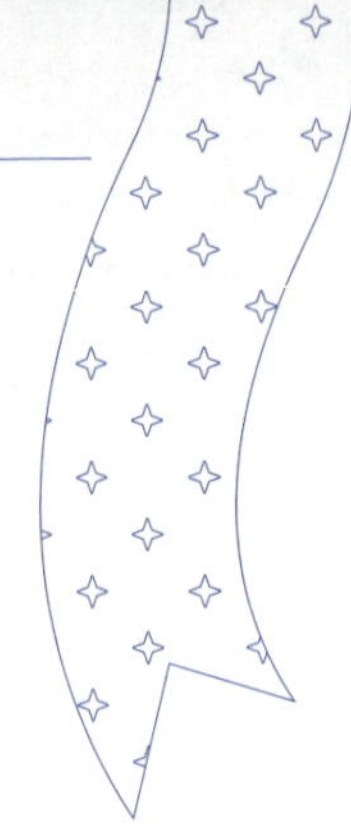

어떤 고전인가요?

『자유론』은 19세기 영국의 사상가 존 스튜어트 밀이 개인의 자유와 사회의 간섭 사이의 균형을 깊이 탐구한 저서입니다. 1859년에 출간된 이 책에서 그는 개인이 타인의 자유를 침해하지 않는 한 자신의 삶을 스스로 결정할 권리가 있다고 주장했습니다. 이러한 원칙은 현대 민주주의의 핵심 가치 중 하나로 자리 잡았으며 사상의 자유, 표현의 자유, 행동의 자유를 폭넓게 옹호하는 근거가 되었습니다.

밀은 다수의 의견이 소수의 생각을 억압하는 '다수의 폭정'을 경계했고, 누구나 자유롭게 자신의 생각을 표현할 수 있어야 사회가 발전한다고 보았습니다. 그는 사상가로서만이 아니라 사회 개혁가로도 활동하며 여성 참정권과 보통선거권 도입을 공개적으로 촉구했습니다. 오늘날에도 『자유론』은 자유를 둘러싼 논의가 필요할 때마다 가장 먼저 떠오르는 책으로 시대를 넘어 토론의 장을 여는 출발점이 되고 있습니다.

저자는 누구인가요?

존 스튜어트 밀(John Stuart Mill, 1806~1873년)은 19세기 영국을 대표하는 사상가이자 경제학자입니다. 런던에서 태어나 아버지 제임스 밀과 철학자 제러미 벤담의 영향을 받아 철학, 역사, 경제학, 논리학을 어려서부터 체계적으로 배웠습니다. 17세에 동인도 회사에서 근무를 시작해 35년 동안 일하며 집필과 연구를 병행했고, 사회 개혁과 개인의 자유를 옹호하는 글을 발표했습니다. 『자유론』, 『공리주의』 등에서 자유주의 정치 철학의 기초를 세웠으며, 영국 하원의원으로 활동하며 여성 참정권과 보통선거권 확대를 적극 주장했습니다.

더 읽어 볼 만한 고전은요?

○ 알렉시 드 토크빌, 『미국의 민주주의』

　자유와 평등의 조화를 탐구한 민주주의 이론서

○ 존 로크, 『통치론』

　근대 자유주의 정치사상의 뿌리가 된, 권력과 개인의 자유를 논한 고전

○ 에밀 졸라, 『나는 고발한다』

　진실을 위해 권력에 맞선 지식인의 양심 선언

이 책을 한마디로 말하면?

#표현의자유 #사상의다양성 #생각할권리 #개인의존엄 #민주주의철학 #자유를사유하다

다른 방식으로 감상해 볼까요?

▶ 이지영 [육군사관학교 독서특강]

　인생에서 반드시 책을 읽어야 하는 이유:
　밀의 『자유론』 읽기

처음 본 사람에게도 호감을 느낄 수 있어요

고전 한 줄

아직 말을 나누기 전인데도 처음 보는 순간부터 관심이 생기는 사람이 있다. 이유를 알 수 없지만 자꾸 눈길이 그 사람을 따라간다. 그 순간의 인상은 머릿속에서 쉽게 사라지지 않는다.

_표도르 도스토옙스키, 『죄와 벌』

고전의 지혜

어떤 친구는 별다른 말을 하지 않아도 첫 만남부터 왠지 좋은 인상을 주는 경우가 있어요. 눈을 마주치며 활짝 웃어 주거나, 체육 시간이 끝난 뒤 물건을 챙겨 주는 모습처럼요. 사소해 보이지만 이런 장면은 오래 기억에 남고 자연스럽게 호감으로 이어지곤 합니다. 사람 사이의 첫인상은 말보다 눈빛, 표정, 태도 같은 비언어적인 요소에서 더 많이 생겨나요. 따뜻한 마음은 말보다 먼저 전해지기도 하니까요. 여러분도 누군가에게 그런 사람이 될 수 있어요. 상대를 배려하는 작은 몸짓 하나하나가 좋은 인연의 시작이 될 수 있습니다.

생각해 보기

1. 누군가가 나에게 특별히 좋은 인상을 남겼다면 그 이유는 무엇인가요?

2. 내 첫인상이 어떤지 들어 본 적 있나요? 그 말에 공감하나요?

3. 말, 태도, 분위기 중 첫 만남에서 가장 중요하게 여기는 것은 무엇인가요? 그렇게 생각하는 이유는 무엇인가요?

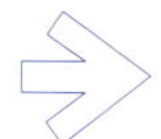

오늘의 미션

누군가에게 말없이 좋은 인상을 줄 수 있도록 나만의 '첫인상 전략'을 세 가지 써 보세요.

'별일 아니야'가 일을 망쳐요

고전
한 줄

작은 것들도 모이면 그 가치를 무시할 수 없다.
사소해 보이는 한 가지가 생각보다 큰 의미와
변화를 만들어 준다.

_표도르 도스토옙스키, 『죄와 벌』

고전의
지혜

'작은 일이니까 괜찮겠지'라고 생각한 적, 누구나 한 번쯤은 있을 거예요. 하지만 대부분의 문제는 거창한 사건이 아니라 사소해 보이는 실수나 무심한 행동에서 시작되곤 합니다. 큰 사고도 깜빡이 하나 켜지 않은 순간에서 비롯되고, 친구와의 관계도 말 한마디로 어긋날 수 있어요. 학교에서도 마찬가지입니다. 어지러운 책상, 건성으로 던진 말, 지키지 않은 약속…. 이런 것들이 쌓이면 믿음이 흔들리고 교실 분위기까지 바뀔 수 있어요. 처음엔 아무렇지 않게 지나가도 반복되면 결국 협력과 관계에 금이 가기 시작합니다. 나중엔 돌이키기 어려운 일이 되고 맙니다. 작아 보여도 한 번 더 생각하고 행동하는 태도가 필요해요.

생각해 보기

1. 최근에 '이건 별거 아냐' 하고 넘긴 일이 나중에 문제가 된 적이 있나요?

2. 친구 관계에서 '사소한 말' 때문에 오해가 생긴 적은 없나요?

3. "사소한 것에 예민하다"라는 말을 듣는다면 그것은 단점일까요, 아니면 장점일까요?

오늘의 미션

평소 무시했던 사소한 일 하나를 오늘 꼭 실천해 보세요.

작은 잘못은 그냥 넘어가도 될까요?

고전
한 줄

아무리 좋은 일을 많이 해도 작은 잘못은
결코 지워지지 않는다. 선행과 잘못은
본질적으로 서로를 대신할 수 없어서 한쪽이
다른 한쪽을 덮어 줄 수 없다.

_표도르 도스토옙스키, 『죄와 벌』

고전의
지혜

'평소에 좋은 일도 많이 하고, 다들 나를 좋게 보잖아'라고 생각하며 작은 잘못을 대수롭지 않게 넘기려는 경우가 있습니다. 친구에게 상처를 주는 말을 하고도 '내가 평소에 얼마나 잘해줬는데'라며 넘기거나, 단체 과제에서 빠졌으면서도 "내가 늘 도와주니까 이번엔 좀 쉬어도 되잖아"라고 말하기도 합니다. 하지만 아무리 좋은 행동을 많이 했더라도 그 하나의 잘못이 누군가에게는 큰 실망이나 상처로 남을 수 있습니다. 선한 행동이 실수를 덮어 줄 수 있다고 믿기 시작하면 스스로를 정당화하게 되고 같은 잘못을 반복하게 됩니다. 진심으로 좋은 사람이 되고 싶다면 잘한 일 뒤에 숨지 말고 실수도 솔직하게 인정할 수 있어야 합니다.

생각해 보기

1. 누군가에게 상처를 줬지만 "좋은 의도였어"라고 말했던 경험이 있나요?

2. 한 번의 선행으로 다른 행동을 덮으려 한 적이 있나요?

3. 선한 마음으로 했던 행동이 오히려 문제가 된 적은 없었나요?

오늘의 미션

'의도가 좋았으니까 이 정도 잘못은 괜찮다'라고 생각했던 경험을 한 가지 써 보고, 그 결과는 어땠는지 적어 보세요.

『죄와 벌』 표도르 도스토옙스키

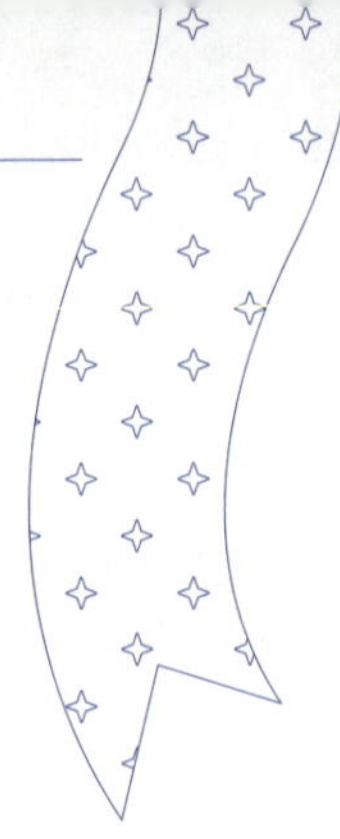

어떤 고전인가요?

『죄와 벌』은 러시아 작가 표도르 도스토옙스키가 1866년에 발표한 장편 소설로, 가난한 대학생 라스콜니코프가 전당포 노파를 살해하면서 이야기가 시작됩니다. 그는 정의로운 일이었다고 스스로를 설득했지만 시간이 지날수록 극심한 불안과 죄책감에 사로잡히게 됩니다. 이 작품은 범죄 이후 주인공의 내면 심리와 갈등, 주변 인물들과의 관계 변화를 치밀하게 그려 내며 형사 포르피리와의 심리전 같은 장면으로 긴장감을 높입니다. 『죄와 벌』은 범죄 심리, 도덕적 선택, 인간 구원의 문제를 깊이 있게 다루어 지금까지도 문학·심리학·법학 분야에서 자주 인용되는 대표적인 고전입니다.

이 소설은 19세기 러시아 문학의 정점이자 도스토옙스키의 '위대한 5대 장편' 중 하나로 평가되며, 『카라마조프가의 형제들』과 함께 그의 사상을 집약한 작품으로 꼽힙니다. 또한, 러시아 사회의 빈곤, 부패, 종교적 갈등을 반영하여 단순한 범죄 소설을 넘어 사회적 문제의식까지 드러냅니다.

저자는 누구인가요?

표도르 도스토옙스키(Fyodor Dostoevsky, 1821~1881년)는 러시아를 대표하는 소설가로 인간의 복잡한 심리를 깊이 탐구한 작품들로 잘 알려져 있습니다. 젊은 시절 정치사상 모임에 참여했다가

체포되어 사형 선고를 받지만, 집행 직전 시베리아 유형으로 감형을 받습니다. 이때의 고난과 수용소 생활은 작품 세계에 큰 영향을 주었으며, 이후 『지하로부터의 수기』, 『죄와 벌』, 『카라마조프가의 형제들』 등 세계 문학사에 길이 남을 걸작들을 집필했습니다. 인간의 도덕적 선택, 신앙과 구원, 사회적 불평등 같은 주제를 다룬 그의 작품은 지금까지도 널리 읽히고 있습니다.

더 읽어 볼 만한 고전은요?

○ 표도르 도스토옙스키, 『카라마조프가의 형제들』
  인간 본성과 신의 존재를 둘러싼 철학적 심연을 탐구한 걸작

○ 레프 톨스토이, 『부활』
  참회와 책임을 통해 다시 태어나는 인간의 도덕적 성장기

○ 알베르 카뮈, 『이방인』
  부조리한 세상 속에 던져진 인간 존재의 고독과 실존을 응시한 소설

○ 한나 아렌트, 『예루살렘의 아이히만』
  악의 평범성과 책임 윤리를 다시 묻는 철학적 보고서

이 책을 한마디로 말하면?

#죄의식과구원 #심리소설의정수 #도덕의딜레마 #라스콜니코프의고뇌

다른 방식으로 감상해 볼까요?

▶ 네이버 열린연단
  도스토옙스키 『죄와 벌』

유머는 절망을 밀어내는 용기예요

**고전
한 줄**

유머는 절망 속에서도 나 자신을 지키기 위한
또 하나의 힘이다. 어떤 상황에서도 다시 일어설
수 있는 힘과 마음의 여유를 주기 때문이다.

_빅터 프랭클, 『죽음의 수용소에서』

**고전의
지혜**

붙을 줄 알았던 시험에서 떨어졌을 때, 믿었던 친구에게 배신
당했을 때, 반 친구들 사이에서 소외감을 느꼈을 때, 우리는 쉽
게 움츠러들고 자책하게 됩니다. 이런 상황에서 유머는 놀라
운 힘을 발휘할 수 있습니다. 가볍게 웃어넘기거나 친구들과
농담 한마디를 주고받는 순간, 무너질 것 같던 마음에 다시 숨
쉴 틈이 생깁니다. 유머는 문제를 없애 주는 마법은 아니지만
그 상황을 견디는 나를 지탱해 주는 숨은 힘입니다. 청소년기
에 겪는 크고 작은 절망 앞에서 유머는 분명히 나 자신을 지켜
줄 거예요.

생각해 보기

1. 최근에 겪었던 절망적인 상황 중에서 가장 기억에 남는 순간은 언제인가요?

2. 그때 유머나 웃음이 나를 도와준 경험이 있나요? 있었다면 어떻게 도움이 되었나요?

3. 친구나 가족 중에서 유머로 어려움을 이겨 낸 사람을 본 적이 있나요?

오늘의 미션

평소에 좋아하는 유머 콘텐츠(예: 웹툰, 유튜브 영상 등)를 하나 추천해 보고 이유도 함께 적어 보세요.

세상은 바꿀 수 없어도
나는 바꿀 수 있어요

**고전
한 줄**

우리가 상황을 더 이상 바꿀 수 없을 때는
우리 자신을 바꿔야 한다.

_빅터 프랭클, 『죽음의 수용소에서』

**고전의
지혜**

빅터 프랭클은 아우슈비츠 수용소에서 굶주림과 강제 노동을
겪으며 극한의 상황을 견뎌야 했습니다. 그는 그 환경을 바꿀
수는 없었지만, 그 안에서 자신의 태도는 선택할 수 있다고 생
각했습니다. 학교생활에서도 비슷한 일이 생깁니다. 반 분위
기가 마음에 들지 않거나 하기 싫은 역할이 돌아오는 경우가
있습니다. 그럴 때마다 상황을 바꾸려 하기보다 그 안에서 내
가 할 수 있는 방법을 찾는 쪽이 더 현실적입니다. 불만을 말
하기는 쉽지만 그런다고 해서 상황이 달라지지는 않습니다.
바꿀 수 없는 환경이라면 그 안에서 내가 어떻게 움직일지를
고민하는 사람이 더 나은 결과를 만듭니다.

생각해 보기

1. 지금 나를 가장 힘들게 하는 상황은 무엇인가요?

2. 만약 힘든 상황을 바꾸기 어렵다면 내가 바꿀 수 있는 마음가짐에는 어떤 것이 있을까요?

3. "태도를 바꾸면 세상이 달라진다"라는 말이 있어요. 이 말을 실제로 경험한 적이 있나요? 그렇다면 어떤 경우였나요?

오늘의 미션

나의 기대와 다르게 흘러간 일이 있다면 그 상황을 어떻게 받아들이고 태도를 바꾸면 좋을지 생각해 보세요.

성공은 달성하는 것이 아니고
따라오는 거예요

**고전
한 줄**

성공을 목표로 삼지 말라.
성공을 목표로 삼고 그것에 초점을 맞출수록
당신은 성공을 놓치게 된다.

_빅터 프랭클, 『죽음의 수용소에서』

**고전의
지혜**

학교생활을 하다 보면 내 일만으로도 바쁠 때가 많습니다. 할 일이 밀려 있는데 누가 도와 달라고 하면 망설여질 수밖에 없어요. 괜히 내 시간만 뺏기고 손해 보는 것 같기도 하지요. 하지만 가끔은 내가 조금 손해를 보는 선택이 더 나은 결과로 이어지기도 합니다. 조별 과제에서 남은 정리를 맡거나 잘 따라오지 못하는 친구에게 한 번 더 설명해 주는 일처럼요. 그 순간엔 속도가 느려지는 것 같지만 나중에 보면 함께 일하는 분위기가 좋아지고, 더 좋은 결과가 만들어지기도 하지요. 혼자만 앞서가려는 마음보다 함께 가기 위해 잠깐 멈출 줄 아는 사람이 결국 더 멀리 갑니다.

생각해 보기

1. 본인보다 더 큰 무언가(가족, 친구, 학교, 공동체)에 봉사한 적이 있나요? 그때 어떤 감정을 느꼈나요?

2. 성공하거나 행복해지기 위해서 한 일이 오히려 자신을 힘들게 하진 않았나요? 그 경험은 무엇인가요?

3. 어떤 일을 할 때 가장 행복한가요? 그 행복은 의도한 것인가요, 아니면 자연스럽게 느낀 행복인가요?

오늘의 미션

행복해지려고 일부러 한 일이 아니라 그냥 좋아서 한 일이 있다면 떠올려 보세요.

『죽음의 수용소에서』 빅터 프랭클

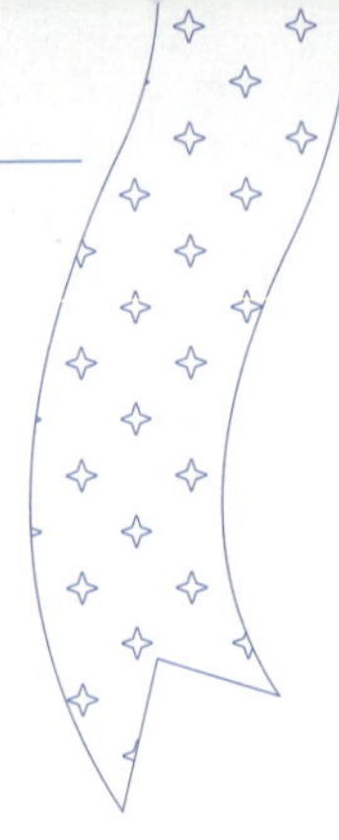

어떤 고전인가요?

『죽음의 수용소에서』는 제2차 세계대전 중 나치 강제 수용소에 수감된 오스트리아의 정신과 의사 빅터 프랭클이 직접 겪은 일을 기록한 책입니다. 그는 아우슈비츠를 비롯한 여러 수용소에서 극심한 추위와 굶주림, 과도한 노동, 폭력과 감시 속에서 하루하루를 버텨야 했습니다. 의학적 치료나 기본적인 생활 보장도 없었습니다. 프랭클은 정신과 의사로서 수감자들이 절망과 생존 사이에서 어떤 선택을 하는지 관찰했습니다. 그는 사랑하는 가족과 전쟁 후의 목표를 마음속에 그리며, 삶의 이유가 생존 가능성을 높인다고 분석했습니다. 이 책은 극한 상황에서 인간이 어떻게 의미를 찾고 그것이 실제 생존에 어떤 영향을 주는지 구체적인 사례와 함께 보여 줍니다. 오늘날에도 심리학과 상담, 교육 분야에서 '로고테라피(의미 치료)'의 핵심 자료로 활용되며 현실적인 교훈을 전해 줍니다. 의미 치료는 힘든 상황 속에서도 '내가 왜 살아야 하는지'라는 삶의 이유와 목적을 찾아 그 힘으로 어려움을 이겨 내도록 돕는 심리 치료입니다.

저자는 누구인가요?

빅터 프랭클(Viktor Frankl, 1905~1997년)은 오스트리아 빈에서 태어난 정신과 의사이자 심리학자입니다. 의학 공부를 시작한 이래 청소년 정신 건강과 자살 예방에 관심을 두고 상담 활동을 이어 갔으며 전쟁 전후로 수많은 환자들을 치료했습니다. 그는 '로고테라피'를 창안하며 심리 치료와 철학 분야에 업적을 남겼습니다. 생애 동안 30여 권의 저서를 집필하고 40여 개국에서 강연을 하며 심리학과 인문학의 경계를 잇는 사상가로 평가받고 있습니다.

더 읽어 볼 만한 고전은요?

○ 알렉산드르 솔제니친, 『수용소군도』

　소련 수용소의 실태를 고발한 증언과 저항의 기록

○ 표도르 도스토옙스키, 『죽음의 집의 기록』

　시베리아 유형소에서 만난 인간 군상의 철학적 초상

○ 엘리 위젤, 『나이트』

　홀로코스트의 비극과 신앙의 흔들림 속에서 인간성을 잃어 가는 한 소년의 기록

○ 알렉산드르 솔제니친, 『이반 데니소비치, 수용소의 하루』

　단 하루를 통해 드러나는 수용소 삶의 잔혹한 현실

이 책을 한마디로 말하면?

#고통의의미 #로고테라피 #아우슈비츠 #삶의존엄 #심리와철학 #생존기 #강제수용소

다른 방식으로 감상해 볼까요?

▶ 일당백: 일생 동안 읽어야 할 백 권의 책

　죽음을 극복할 수 있는가? 아우슈비츠 강제 수용소, 그 적나라한 생존기

요행보다 준비,
그게 진짜 실력이에요

고전
한 줄

우리는 언제나 상대의 계획이 완벽하다고
생각하고 그에 맞춰 준비해야 한다. 상대가
실수하길 바라기보다는 우리가 먼저 실수하지
않도록 철저히 대비해야 한다. 결국 가장
성실하게 준비하고 훈련한 사람이 가장 강한
사람이 된다.

_투키디데스,『펠로폰네소스 전쟁사』

고전의
지혜

세상은 우리가 예상하지 못한 방향으로 움직일 때가 많습니
다. 그래서 우리는 언제나 최악의 상황을 가정하고 그에 맞춰
미리 대비해야 합니다. 상대가 실수하길 기다리는 대신, 우리
가 실수하지 않도록 끊임없이 점검하고 연습해야 하지요. 이
말은 공부든 운동이든 모든 일에 그대로 적용됩니다. 결과는
천재성이나 운보다는 성실한 준비에서 나옵니다. 가장 많이
연습한 사람이 가장 강한 사람이 됩니다.

생각해 보기

1. 최근에 '운'이나 '기대'에만 의존했던 순간은 언제인가요? 그 결과는 어땠나요?

2. 성공했던 경험 중 준비를 철저히 했던 적이 있다면 어떤 경우였나요?

3. 평소 준비를 잘하는 편인가요, 벼락치기를 하는 편인가요? 그 이유는 뭘까요?

오늘의 미션

준비 없이 한 일 하나를 점검해 보고 간단한 예습이나 계획을 시도해 보세요.

'누군가는 하겠지'가 아니라
내가 해야 해요

고전 한 줄

대부분의 사람은 '내가 굳이 나서지 않아도 괜찮겠지'라고 생각한다. 또 '이런 일은 누군가 나서겠지'라고 넘기기 쉽다. 그런데 모두가 그렇게 생각하면 결국 아무도 행동하지 않게 되고, 우리 사회 전체가 망가져 버린다.

_투키디데스, 『펠로폰네소스 전쟁사』

고전의 지혜

공동체에서 가장 무서운 건 모두가 '설마 내가 안 한다고 무슨 일이 생기겠어?'라고 생각하는 작은 무관심입니다. 고대 그리스의 역사가 투키디데스는 사람들이 공동의 미래를 누군가에게 떠넘기면 결국 누구도 책임지지 않게 되고 공동의 이익은 눈치채지 못한 사이에 무너지게 된다고 말했습니다. 우리가 생활하는 교실, 동아리, 지역 사회도 마찬가지입니다. 청소 당번인데 슬쩍 빠지거나 친구가 힘든데 모른 척한 적이 있나요? 그런 순간들이 쌓이면 결국 내가 속한 환경 전체가 나빠집니다. 무관심은 조용하지만 공동체를 가장 확실하게 약화시키는 힘이라는 걸 기억하세요.

생각해 보기

1. '내가 안 해도 누군가는 하겠지'라고 생각하며 책임을 떠넘긴 적이 있나요?

2. 반대로 '내가 안 하면 안 될 것 같아서' 스스로 책임을 떠맡은 적은 언제인가요?

3. 내가 먼저 다가가야 한다고 느꼈지만 망설였던 순간은 언제인가요?

오늘의 미션

아무도 신경 쓰지 않는 공간을 살피고 조금이라도 직접 정리해 보세요.

상처받아도 행동해야
진짜 강한 사람이 됩니다

**고전
한 줄**

힘든 일이 생겨도 쉽게 무너지지 않고,

마음이 흔들려도 끝까지 행동으로 버티는 사람.

그런 태도야말로 국가든 개인이든 가장 강한

힘이 된다.

_투키디데스, 『펠로폰네소스 전쟁사』

**고전의
지혜**

힘든 일이 생기면 누구나 흔들릴 수밖에 없습니다. 아침 지각으로 체육복을 못 챙겨 눈치 보며 하루를 보내야 했던 날, 조용히 있고 싶었지만 반장이라 학급 게시판을 정리해야 했던 날처럼 말입니다. 마음이 불편한 상황은 누구에게나 생깁니다. 중요한 것은 그 감정에 오래 머물며 아무것도 하지 않는 상태로 자신을 방치하지 않는 것입니다. 상황이 어렵더라도 끝까지 책임을 다하는 사람이 있을 때 학급도, 관계도 쉽게 흔들리지 않습니다.

생각해 보기

1. 감정이 무너질 것 같지만 끝까지 버텨 본 경험이 있다면 무엇인가요?

2. 아무리 혼란스러워도 내가 꼭 지키려고 하는 '나만의 원칙'이 있다면 무엇인가요?

3. 감정에 무너지지 않고 끝까지 행동했던 인물(영화, 책, 현실 등)이 있다면 그 사람에게서 배운 점은 무엇인가요?

오늘의 미션

하기 싫거나 피하고 싶었던 일 하나를 오늘은 끝까지 해 보세요. 그게 성장의 시작일 수 있어요.

『펠로폰네소스 전쟁사』 투키디데스

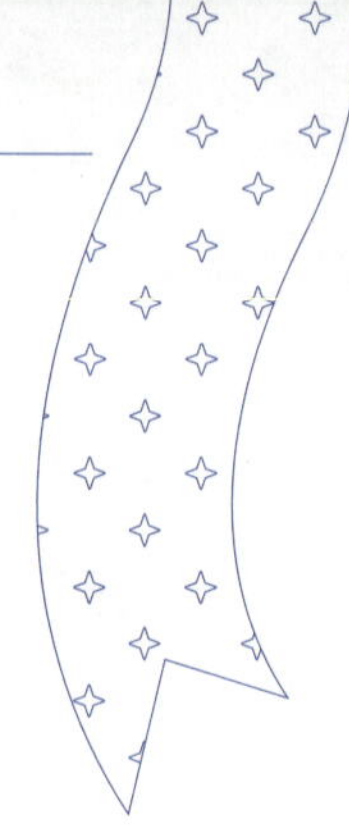

어떤 고전인가요?

『펠로폰네소스 전쟁사』는 고대 그리스의 역사가 투키디데스가 직접 겪고 기록한 역사서입니다. 기원전 431년부터 404년까지 약 27년에 걸쳐 벌어진 아테네와 스파르타 간의 전쟁을 다룹니다. 저자 투키디데스는 아테네 장군으로 참전했으나 전투에서 실패한 책임으로 유배를 당했는데 그 기간 동안 양측의 전쟁 상황을 폭넓게 조사했습니다. 그는 신화나 전설 대신 직접 확인한 사실과 합리적인 추론을 바탕으로 전쟁의 원인과 전개 과정을 서술했습니다.

이 책은 단순한 전투 기록을 넘어 국가 간 갈등이 어떻게 발생하고, 전쟁이 사회와 개인의 판단에 어떤 영향을 미치는지를 분석합니다. 특히 지도자들의 연설문과 회의 장면을 통해 당시 사람들이 전쟁과 평화, 권력과 이익 사이에서 어떤 선택을 했는지 보여 줍니다. 오늘날에도 정치, 외교, 군사 분야에서 집단과 사회가 움직이는 원리를 이해하는 데 중요한 자료로 평가받고 있습니다.

저자는 누구인가요?

투키디데스(Thucydides, 기원전 약 460~400년)는 고대 그리스의 역사가이자 장군입니다. 펠로폰네소스 전쟁 중 아테네 장군으로 참전했으나 전투 실패로 유배되었고, 그 기간 동안 전쟁의 전모를 집요하게 조사했습니다. 그의 글쓰기는 신화적 요소를 배제하고 사실과 이성적 분석에 근거해 서술한 것이 특징으로 후대 역사학의 모범이 되었습니다. 투키디데스는 흔히 '과학적 역사 서술의 아버지'로 불리며, 그의 저작은 정치학과 국제관계 연구에도 중요한 출발점이 되고 있습니다.

더 읽어 볼 만한 고전은요?

○ 플루타르코스, 『영웅전』

역사 속 인물들의 선택과 삶을 비교하며 인간과 리더십을 성찰하는 고전

○ 유성룡, 『징비록』

임진왜란의 참상을 바탕으로 쓴 반성과 국가적 대비의 중요성을 기록한 역사서

○ 앤드루 로버츠, 『나폴레옹』

작은 섬의 청년이 유럽의 황제가 되기까지 야망과 전략, 그리고 몰락의 리더십 이야기

이 책을 한마디로 말하면?

#고대그리스문명 #아테네와스파르타 #정치의본질 #역사는되풀이된다 #투키디데스의통찰

다른 방식으로 감상해 볼까요?

▶ KFN

[토크멘터리 전쟁사] 펠로폰네소스 전쟁 편

PART
3

마음을 잇는 법

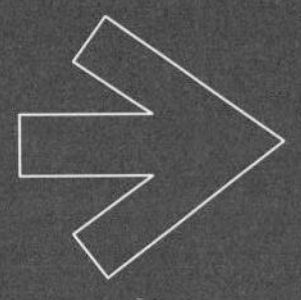

온 마음을 쏟으면 길이 보여요

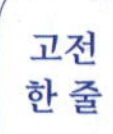

고전
한 줄

누구라도 모든 주의력과 모든 의지를
특정한 목표에 쏟으면 언젠가는 거기에
도달할 수 있다.

_헤르만 헤세, 『데미안』

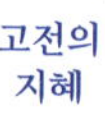

고전의
지혜

친구, 취미, 운동, 가족 등 우리는 종종 너무 많은 일에 마음을 쏟느라 정작 중요한 것에 집중하지 못할 때가 있어요. 마음을 한 방향으로 온전히 모을 수 있을 때, 길은 스스로 열리기 시작합니다. 모든 주의력과 의지를 하나의 목표에 쏟는다는 건 쉬운 일이 아니지만, 그만큼 강력한 힘을 지니고 있어요. 내가 정말 이루고 싶은 일이 있다면 방해되는 요소들을 걸어 내고 그 일에 나를 집중시키는 연습을 해 보세요. 온 마음을 기울이는 순간, 이전엔 보이지 않던 길이 보이기 시작할 거예요.

생각해 보기

1. 지금 에너지를 가장 많이 쓰고 있는 일은 무엇인가요?

2. 한 가지 목표에 집중했던 경험이 있다면 그때 어떤 결과가 있었나요?

3. 나의 주의력을 흩뜨리는 가장 큰 요소는 무엇이고, 어떻게 줄일 수 있을까요?

오늘의 미션

지금 가장 이루고 싶은 목표 하나를 적고, 그 목표를 위해 실천할 수 있는 구체적인 행동을 정해 보세요.

여러분은 무엇과도 바꿀 수 없는
특별한 존재예요

**고전
한 줄**

당신은 단지 자신일 뿐 아니라

이 세상에 단 한 번 존재하는

아주 특별하고 소중한 사람이다.

_헤르만 헤세, 『데미안』

**고전의
지혜**

어떤 날은 내가 별로 대단하지 않은 사람처럼 느껴질 때가 있어요. 친구가 나보다 운동도 공부도 잘하는 것 같고, 앞으로 무엇을 해야 할지 막막하기만 하고, 나라는 존재가 그냥 아무 의미 없는 사람처럼 느껴질 수도 있지요. 하지만 이 세상에 나와 똑같은 사람은 단 한 명도 없어요. 내가 겪은 이야기, 느낀 감정, 품고 있는 생각은 모두 단 하나뿐인 고유한 세계예요. 내가 누구인지 천천히 알아 가고 소중히 여기는 일, 그것이야말로 인생에서 가장 중요한 여행입니다. 다른 누구와 비교하지 않아도 괜찮고, 누구처럼 되지 않아도 괜찮아요. 여러분은 지금 이대로도 세상에 꼭 필요한 존재이고, 누구와도 바꿀 수 없는 특별한 사람입니다.

생각해 보기

1. '나만의 특별함'은 무엇인가요?

2. 어떤 순간에 '내가 특별한 존재'라는 걸 더 실감하게 되나요?

3. 지금 살아가는 방식에서 '진짜 나'는 얼마나 드러나고 있나요?

오늘의 미션

지금의 나를 가장 잘 보여 주는 한 문장을 만들어서 적어 보세요.

생각에 머물지 말고
행동해야 해요

고전
한 줄

나는 당신이 실천할 수 있는 것보다 더 많은 것을
생각하고 있다는 것을 안다. 그렇다면 당신도
자신이 품은 생각을 끝까지 삶으로 옮겨 본 적이
드물다는 걸 느끼고 있을 것이다. 오직 행동으로
옮긴 생각만이 가치가 있다.

_헤르만 헤세, 『데미안』

고전의
지혜

우리는 가끔 멋진 말을 떠올리거나 좋은 생각을 품곤 해요. '이
번 주부터는 휴대폰 사용 시간을 줄여야지', '방학 때는 헬스
클럽에 다니면서 근육 좀 만들어야지' 같은 다짐들이지요. 그
런데 그런 생각이 실제 행동으로 이어지지 않으면 결국 머릿
속에서만 맴돌다가 흐지부지 잊히고 말아요. 마음속에만 머문
생각, 한 번쯤은 꺼내서 실천해 본 적 있나요? 중요한 건 무슨
생각을 했느냐보다 그걸 어떻게 행동으로 실천하느냐예요. 어
렵더라도 한 걸음 옮기는 순간부터 생각은 조금씩 현실이 되
기 시작합니다.

생각해 보기

1. 마음속으로 반복했던 다짐 중 아직 실천하지 못한 것은 무엇인가요?

2. 좋은 생각이나 계획이 행동으로 이어지지 못했던 이유는 무엇인가요?

3. 최근 실천에 옮긴 '작은 생각'은 무엇인가요?

오늘의 미션

'말로만 했던 약속' 중 하나를 꼭 실천해 보고 진심을 담아 직접 보여 주세요.

『데미안』 헤르만 헤세

어떤 고전인가요?

『데미안』은 1919년 독일 작가 헤르만 헤세가 발표한 성장 소설입니다. 작품은 제1차 세계대전 직후의 사회적 혼란 속에서 청년들의 정신적 갈등과 정체성 문제를 다룹니다. 발표 당시 '에밀 싱클레어'라는 가명으로 출간되어 실제로 젊은 작가의 신작으로 오해받았을 만큼 그 시대 청년들의 고민을 생생히 반영했습니다.

『데미안』은 20세기 초 독일 표현주의 문학의 대표작 중 하나로 평가되며, 개인의 자아 탐색을 다룬 고전으로 세계 각국에서 꾸준히 읽히고 있습니다. 특히 우리나라에서는 청소년과 대학생 독자층이 가장 많이 읽는 서구 고전 소설 중 하나로 자리 잡았습니다. 이 작품은 20세기 초 유럽 지성계에 큰 영향을 주었으며, 이후 청년 문화와 저항 정신을 상징하는 책으로도 읽혔습니다. 1960~70년대에는 히피 세대와 반전 운동의 물결 속에서 다시 주목을 받으며 전 세계적으로 베스트셀러가 되었습니다. 현재까지도 '자아 발견의 고전'으로 꾸준히 번역, 출간되고 있습니다.

저자는 누구인가요?

헤르만 헤세(Hermann Hesse, 1877~1962년)는 독일 출신의 소설가이자 시인으로 20세기 독일 문학을 대표하는 인물입니다. 『수레바퀴 아래서』, 『싯다르타』, 『나르치스와 골드문트』에서 인간의 내면과 성장, 개인과 사회의 관계를 깊이 탐구했습니다. 제2차 세계대전 시기에 발표한 『유리알 유희』로 세계적 명성을 얻었으며, 1946년 노벨문학상을 수상했습니다. 작품 속에는 동양 사상과 서양 정신문화가 함께 녹아 있어 시대를 넘어서는 보편적 메시지를 전합니다. 지금도 그의 작품은 세계 각국에서 꾸준히 읽히며 청소년과 젊은 세대가 자아와 삶의 의미를 찾을 때 길잡이가 되는 작가로 평가받습니다.

더 읽어 볼 만한 고전은요?

- 찰스 디킨스, 『데이비드 코퍼필드』

  역경 속에서도 성장하는 한 소년의 자전적 이야기

- 서머싯 몸, 『인간의 굴레에서』

  자유롭게 살고 싶었던 한 청년이 겪는 갈등과 방황의 여정

- 요한 볼프강 폰 괴테, 『빌헬름 마이스터의 수업시대』

  삶과 예술, 자아를 찾아가는 교양 소설의 원형

이 책을 한마디로 말하면?

#자기탐색 #성장통 #영혼의여정 #내면의각성 #철학소설 #청춘의불안

다른 방식으로 감상해 볼까요?

▶ 너진똑

데미안 완전판(세계 최초)

가장 중요한 건 언제나 지금이에요

**고전
한 줄**

지금 이 순간,
내 곁에 있는 사람을 사랑하는 것이
세상에서 가장 중요한 일이다.

레프 톨스토이, 『사람은 무엇으로 사는가』

**고전의
지혜**

대부분의 시간은 평범하게 지나갑니다. 특별한 일 없이 수업을 듣고, 밥을 먹고, 친구랑 몇 마디 나누고 집에 돌아오는 하루. 그런데 나중에 떠오르는 기억은 이상하게도 그런 하루의 한 장면일 때가 많습니다. 별 의미 없던 대화, 우연히 마주친 표정, 내가 했던 한마디 같은 것들이요. 우리는 자꾸 중요한 건 나중에 올 거라고 생각하지만 실제로 많은 것들은 지금 이 순간에 결정되고 있습니다. 지금 곁에 있는 사람을 어떻게 대하고 있는지, 어떤 말로 하루를 채우고 있는지에 따라 삶의 방향도 달라질 수 있습니다. 중요한 건 언제나 나중이 아니라 지금입니다.

생각해 보기

1. 오늘 가장 따뜻했던 순간은 언제였고, 왜 그렇게 느꼈나요?

2. '그때 말할걸' 하고 아쉬웠던 순간이 있다면 어떤 상황이었나요?

3. 미래를 걱정하느라 지금의 행복을 놓친 적이 있다면 어떤 일이었나요?

오늘의 미션

일상에서 놓치기 쉬운 순간 하나를 의식적으로 기억해 보세요.

해 보고 싶다는 마음,
거기서 시작돼요

**고전
한 줄**

할 마음만 있으면 된다.
사람은 원래 뭐든 배울 줄 아는 존재다.

레프 톨스토이, 『사람은 무엇으로 사는가』

**고전의
지혜**

처음 듣는 제2외국어 수업, 낯선 사람들 사이에서 시작한 독서 토론, 익숙하지 않은 봉사 활동. 시작부터 자연스러운 사람은 없습니다. 누구나 처음엔 어색하고 나만 뒤처지는 것 같아 속상한 순간들이 생기지요. '나랑 안 맞는 것 같아'라는 생각이 드는 것도 당연합니다. 하지만 잘하는 사람만 배우는 건 아닙니다. 낯설고 서툰 상태에서 조금씩 익숙해져 가는 과정 자체가 배움입니다. 완벽하게 해 내는 것보다 중요한 건 그 자리에 머무르며 익히려 노력하는 마음입니다. 시작이 느려도 그 마음이 있는 한 배움은 계속됩니다.

생각해 보기

1. 처음에는 낯설었지만 계속하다 보니 익숙해진 경험이 있다면 무엇인가요?

2. 친구들은 안 하는데 혼자 도전한 적이 있나요? 그때 어떤 기분이었나요?

3. 익숙한 일보다 낯선 일에 더 끌린 적이 있다면 그 이유는 무엇인가요?

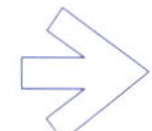

오늘의 미션

친구나 가족에게 "나 이런 거 처음 해 보려고 해"라고 말해 보고 그들의 반응을 기록해 보세요.

용서는 결국 나를 위한 거예요

상대에게 가서 용서를 구하라.
그리고 그것으로 끝내라. 화를 오래 품으면
상처받는 쪽은 결국 나 자신이다.

레프 톨스토이, 『사람은 무엇으로 사는가』

친구와 다투고 나면 억울함이 먼저 올라옵니다. '내가 뭘 그렇게 잘못했지?' 하는 생각에 상대의 말은 들리지 않고 내 입장만 자꾸 정당화하게 되지요. 그런데 시간이 지나고 나면 나도 모르게 '말을 세게 했나', '분위기를 무겁게 만들었나?' 하고 여러 순간이 떠오릅니다. 갈등은 대부분 어느 한 사람만의 잘못으로 생기지 않습니다. 누가 이기고 지는지가 아니라 그 관계를 다시 이어 갈 수 있는 방법을 먼저 생각해야 합니다. 먼저 사과하거나 용서를 구하는 건 결국 나 자신을 위하는 일입니다. 미움을 오래 품고 있는 마음은 나를 지치게 만들거든요.

생각해 보기

1. 용서를 구해야 할 상황인데 망설인 적이 있다면 왜 그랬나요?

2. 용서하지 못했을 때 내 감정은 어떤 방향으로 변해 갔나요?

3. 화해한 뒤 마음이 편해졌던 순간을 구체적으로 떠올려 본다면 어떤 장면인가요?

오늘의 미션

화해하고 싶은 친구에게 용기를 내어 "잘 지내?"라고 먼저 말을 걸어 보세요.

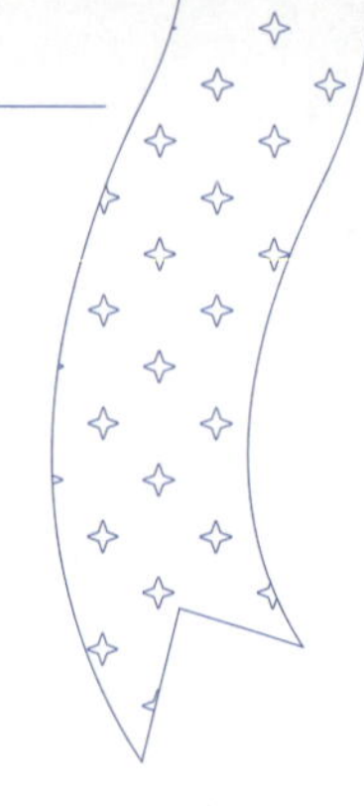

『사람은 무엇으로 사는가』 레프 톨스토이

어떤 고전인가요?

『사람은 무엇으로 사는가』는 러시아 작가 레프 톨스토이가 '사람은 어떻게 살아야 하는가'라는 질문을 중심으로 인간다운 삶의 태도와 마음가짐을 이야기하는 작품입니다. 짧은 우화 형식으로 구성된 이야기로 그는 사랑, 이타심, 신뢰, 겸손처럼 시대와 장소를 뛰어넘어 변하지 않는 가치들을 보여 줍니다. 언어는 간결하지만 주제는 깊고, 읽는 사람마다 자기 삶을 돌아보게 만드는 힘이 있습니다. 이 책의 대표적인 이야기는 길에서 쓰러진 낯선 사람을 집으로 데려와 돌보는 구두 수선공의 이야기입니다. 작은 친절이 다른 사람의 삶을 바꾸고, 그 과정에서 자신 또한 변한다는 사실을 보여 줍니다. 톨스토이는 특정 종교적 교리를 설교하듯 강조하지 않고 누구나 일상에서 실천할 수 있는 태도와 선택을 제시합니다. 그래서 지금도 삶의 방향을 잃었다고 느끼는 사람들, 관계 속에서 지치고 갈등하는 사람들에게 생각을 정리하고 다시 나아갈 힘을 주는 책으로 읽히고 있습니다.

저자는 누구인가요?

레프 톨스토이(Lev Tolstoy, 1828~1910년)는 러시아를 대표하는 소설가이자 사상가입니다. 『전쟁과 평화』, 『안나 카레니나』 같은 대하소설로 세계 문학사에 큰 족적을 남겼으며 말년에는 종교·도덕·교육 문제에도 깊이 관여했습니다. 귀족 가문 출신이었지만 농민과 함께 생활하며 검소한 삶을 실천했고, 이를 통해 얻은 경험과 신념을 작품 속에 담았습니다. 톨스토이는 인간의 본성과 도덕적 선택, 삶의 의미를 탐구했으며, 간디를 비롯한 여러 인물에게 영향을 주었습니다. 오늘날에도 전쟁과 평화, 인간의 존엄과 같은 주제를 이야기할 때 자주 인용됩니다.

더 읽어 볼 만한 고전은요?

○ 파울로 코엘료, 『연금술사』

  인생의 진정한 보물을 찾아 떠나는 내면의 여정

○ 레프 톨스토이, 『이반 일리치의 죽음』

  죽음을 마주하며 삶의 진실에 다가가는 이야기

○ 레프 톨스토이, 『사람에게는 얼마나 많은 땅이 필요한가』

  끝없는 욕망과 인간의 본성을 비추는 우화

이 책을 한마디로 말하면?

#사랑으로사는존재 #이타심 #삶의본질 #사람답게산다는것 #짧지만깊은울림 #톨스토이단편 #우화

다른 방식으로 감상해 볼까요?

▶ 이교수의 책과 사람

  사람은 왜 살아야 하나요? 톨스토이가 전한 단 두 가지 이유

귀찮다고 미루면 더 귀찮아져요

고전
한 줄

바오바브나무도 어린 나무일 때 바로 뽑아내야
하듯이 지금 해야 할 일을 뒤로 미루는 것은
좋지 않다. 버릇이 되기 때문이다.

_앙투안 드 생텍쥐페리, 『어린 왕자』

고전의
지혜

당장 할 일을 미루는 습관은 처음엔 별거 아닌 것처럼 느껴져요. 그렇게 '내일 하면 되지' 하고 넘기다 보면 그 일이 쌓여서 나중엔 감당하기 어려울 만큼 커져 있어요. 『어린 왕자』에 나오는 바오바브나무는 작을 때는 귀엽고 별문제 없어 보이지만, 미리 뽑지 않으면 별을 통째로 무너뜨릴 만큼 자라나 버리잖아요. 이건 단지 나무 이야기가 아니라 우리 삶의 습관을 말하는 거예요. 공부, 정리, 친구에게 부탁받은 일 등 작은 일들을 반복해서 미루면 '미루는 태도' 자체가 몸에 배어요. 어느덧 쉽게 해결할 수 있는 작은 일이 혼자서는 감당하기 어려운 큰 일이 되지요. 반대로 작고 사소한 일이라도 지금 바로 해 내는 습관을 들이면 나중에 더 큰 문제도 쉽게 해결할 수 있는 사람이 됩니다.

생각해 보기

1. 최근에 어떤 일을 '내일 해야지' 하고 미룬 적이 있나요? 결과는 어땠나요?

2. 사소하지만 매일 실천하고 싶은 습관이 있다면 무엇인가요?

3. 바오바브나무처럼 커지기 전에 정리해야 할 게 있다면 어떤 걸까요?

오늘의 미션

자주 미루는 일 하나를 선택해서 앞으로 일주일간 매일 5분씩 실천해 보세요.

눈으로만 보면
놓치는 게 있어요

고전 한 줄

사람은 눈에 보이는 겉모습만으로는 세상을
제대로 볼 수 없다. 오직 마음으로 바라볼 때만
사물과 사람의 진짜 의미를 알 수 있다.
그래서 정말 중요한 것은 눈에 보이지 않으며
마음을 통해서만 느낄 수 있다.

_앙투안 드 생텍쥐페리, 『어린 왕자』

고전의 지혜

우리는 눈에 보이는 것들에 자주 마음을 빼앗겨요. 예쁜 옷, 멋진 물건, 외모나 성적처럼 겉으로 드러나는 것들에 신경 쓰느라 정작 마음속 깊은 곳에 있는 중요한 것들은 잘 보지 못하지요. 『어린 왕자』는 말해요. 진짜 소중한 건 눈에 보이지 않는다고요. 친구의 진심, 가족의 애정, 나 자신에 대한 믿음처럼 눈에 잘 띄지 않는 것들이야말로 우리가 살아가는 데 꼭 필요해요. 그런 것들은 SNS 팔로워 수, '좋아요' 개수, 사진, 성적으로 표현되지 않아요. 마음을 열고 조용히 바라봐야만 보이는 것들이지요. 바쁘고 시끄러운 세상일수록 우리는 더 자주 멈춰 서서 보이지 않는 것에 귀 기울일 필요가 있어요. 그것은 사람의 마음이고, 작은 배려이고, 말없이 다가와 주는 손길이에요. 그런 것들을 알아차릴 수 있는 사람이야말로 진짜 중요한 걸 볼 줄 아는 사람이 아닐까요?

생각해 보기

1. 평소에 겉모습만 보고 사람이나 물건을 판단한 적이 있나요? 있다면 언제 왜 그랬나요?

2. 말하지 않아도 친구의 진심이 느껴진 적이 있나요?

3. 좋아하는 사람에게 눈에 보이지 않는 내 마음을 어떻게 표현할 수 있을까요?

오늘의 미션

가장 소중하게 생각하는 '보이지 않는 것'을 노트에 한 줄로 적어 보세요.

내 안에도 아직
발견하지 못한 것이 있어요

**고전
한 줄**

사막이 아름다운 건 그 안 어딘가에
우물이 숨어 있기 때문이다.

_앙투안 드 생텍쥐페리, 『어린 왕자』

**고전의
지혜**

열심히 노력했는데도 눈에 띄는 변화가 없을 때 제자리걸음처럼 느껴질 수 있어요. 하지만 모든 과정에는 시간이 필요합니다. 지금 당장은 결과가 보이지 않더라도 그 시간 속에서 방향이 조금씩 잡혀 가는 중일 수도 있어요. 식물이 자라는 속도가 눈에 잘 보이지 않듯 성장은 대개 조용히 이루어집니다. 공부든 관계든 바로 드러나는 성과만으로 판단하기보다는 어떤 흐름 속에 있는지 바라보는 태도가 필요합니다. 중요한 건 멈추지 않는 마음과 그 과정을 신뢰하는 자세입니다.

생각해 보기

1. 다른 사람 눈에는 보이지 않지만 요즘 꾸준히 하고 있는 일이 있다면 무엇인가요?

2. 아무 일도 없는 것 같았지만 돌이켜 보니 의미 있었던 시간이 있다면 언제인가요?

3. 아직은 잘 못하지만 언젠가는 잘하고 싶은 게 있다면 무엇인가요?

오늘의 미션

다른 사람이 몰라줘도 내가 기억하고 싶은 나의 노력 하나를 적어 보세요.

『어린 왕자』 앙투안 드 생텍쥐페리

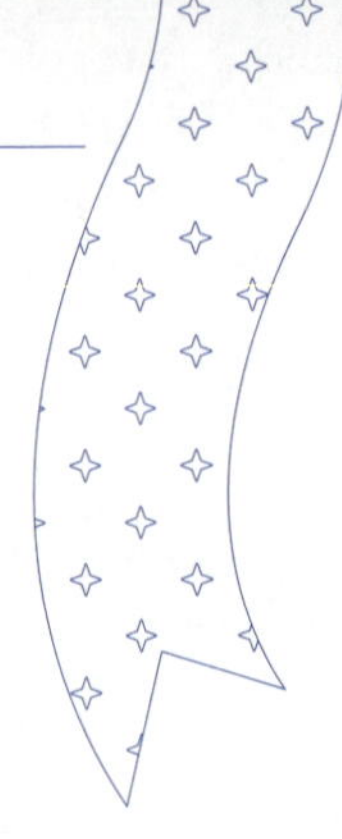

어떤 고전인가요?

『어린 왕자』는 프랑스 작가 앙투안 드 생텍쥐페리가 1943년에 발표한 우화 형식의 소설입니다. 조종사가 사막에 불시착해 만난 어린 왕자와의 대화를 중심으로 이야기가 전개됩니다. 어린 왕자는 자신이 살던 작은 별을 떠나 장미와의 관계를 돌아보고, 여섯 개의 별을 여행하며 다양한 어른들을 만납니다. 권력만 추구하는 왕, 칭찬만을 원하는 허영쟁이, 술에 의지하는 주정뱅이, 숫자 세기에만 몰두하는 사업가 등은 어른들의 편견과 집착을 상징합니다.

이 작품은 단순한 모험담이 아니라 인간관계와 삶의 가치에 대한 깊은 생각을 전합니다. 별, 장미, 여우, 사막 같은 상징들은 사랑과 우정, 책임감, 그리고 진정으로 중요한 것이 무엇인지를 깨닫게 합니다. 어린 왕자가 장미를 돌보며 배우는 책임, 여우와의 관계에서 느끼는 우정의 의미는 세대를 넘어 독자들에게 오랫동안 남아, 지금도 전 세계에서 가장 널리 읽히는 고전 중 하나로 자리하고 있습니다.

저자는 누구인가요?

앙투안 드 생텍쥐페리(Antoine de Saint-Exupéry, 1900~1944년)는 프랑스 출신의 소설가이자 비행사입니다. 젊은 시절부터 항공 조종사로 활동하며 유럽과 아프리카를 오갔고, 이러한 경험이 작품 세계에 깊게 스며들었습니다. 1931년에 발표한 『야간 비행』으로 프랑스 문학상인 페미나상을 받으며 주목받았고, 이후에도 비행과 인간에 대한 성찰을 결합한 글쓰기로 독자들의 사랑을 받았습니다. 제2차 세계대전 중에 정찰 비행 임무에 참여하다가 1944년 지중해 상공에서 실종되었습니다.

더 읽어 볼 만한 고전은요?

○ 이솝, 『이솝우화전집』

　동물 이야기에 담긴 지혜와 교훈, 오래도록 사랑받은 이야기 모음

○ 리처드 바크, 『갈매기의 꿈』

　자유를 향한 갈매기의 철학적 여정, 자아를 찾는 이야기

○ J. M. 바스콘셀로스, 『나의 라임 오렌지나무』

　아픈 성장 속에서 피어난 우정과 용서, 그리고 사랑의 이야기

이 책을 한마디로 말하면?

#아이의눈으로세상을 #진짜소중한것 #사랑과책임 #어른이된우리에게 #우화의힘

#감성고전

다른 방식으로 감상해 볼까요?

▶ 그 남자의 목소리

　잠잘 때 듣는 『어린 왕자』, 어른이지만 동심을 잃고 싶지는 않아요

우정은 받기만 하는 게 아니에요

**고전
한 줄**

서로 고마움에 보답하고
정성껏 아껴 주는 우정보다
더 아름다운 관계는 없다.

_마르쿠스 툴리우스 키케로, 『우정에 관하여』

**고전의
지혜**

친구가 나를 챙겨 주고 도와줄 때, 고맙다는 말 한마디 없이 당연하게 여긴 적이 있지 않나요? 우정은 편안하고 익숙한 관계이지만, 그래서 더 쉽게 소홀해질 수 있습니다. 받기만 하는 우정은 결국 어느 순간 무너질 수도 있어요. 친구가 나를 위해 애써 준 만큼 나도 마음을 표현하고 작은 행동이라도 보답하는 태도가 필요해요. 꼭 큰 선물이 아니어도 진심 어린 말 한마디, 작은 배려 하나가 관계를 오래가게 만들어요. 서로의 진심이 오갈 때, 그 우정은 더 오래 머물 수 있습니다. 아껴 주는 마음에 정성껏 답할 수 있을 때, 우정은 더 아름다워집니다.

생각해 보기

1. 친구에게 고마움을 느끼고도 표현하지 못한 적이 있다면 그 이유는 무엇인가요?

2. 친구가 나를 위해 애써 준 일 중 아직 보답하지 못한 일이 있다면 무엇인가요?

3. 우정에서 '받기만 하는 관계'가 왜 오래가기 어려울까요?

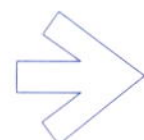

오늘의 미션

친구에게 고마운 점 세 가지를 적고 한 가지라도 직접 말해 보세요.

친구는 인생을 비춰 주는 태양이에요

**고전
한 줄**

우정은 서로가 진심 어린 충고를 주고받을 때 더욱 깊어진다. 충고를 전할 때는 상처 주지 않으면서도 솔직해야 하고, 충고를 들을 때는 차분하게 받아들이며 반발하지 않아야 한다.

_마르쿠스 툴리우스 키케로, 『우정에 관하여』

**고전의
지혜**

우정은 서로의 장점을 칭찬할 때만 자라지 않습니다. 때로는 부족한 점을 지적하고 더 나은 길을 권하는 과정에서 단단해집니다. 하지만 아무리 옳은 말이라도 전하는 방식이 거칠면 마음의 문이 닫히고, 아무리 친한 사이라도 그 말이 상처가 될 수 있습니다. 반대로 듣는 사람도 곧바로 반박하거나 변명하기보다 먼저 그 말이 담고 있는 진심을 헤아려야 합니다. 좋은 충고는 친구 사이를 멀어지게 하는 것이 아니라 더 깊게 이해하고 신뢰하게 만드는 다리가 됩니다.

생각해 보기

1. 내가 누군가에게 했던 충고 중 가장 기억에 남는 것은 무엇인가요?

2. 부득이 친구에게 충고해야 할 때 어떤 표현을 쓰면 좋을까요?

3. 충고를 들었을 때 기분이 나빴지만 나중에 도움이 되었던 경험이 있나요?

오늘의 미션

누군가의 잘못을 지적할 때 장점을 먼저 이야기해 보세요.

친구를 위한다고
다 옳은 건 아니에요

**고전
한 줄**

참된 우정은 친구를 위해서라도 결코 잘못된
일을 해서는 안 된다. 친구와의 신뢰는 올바른
행동 위에서 시작되며, 만약 그 신뢰가 무너지면
우정도 오래 지속될 수 없다.

_마르쿠스 툴리우스 키케로, 『우정에 관하여』

**고전의
지혜**

친구를 위해서라면 뭐든 해 줘야 한다고 생각할 때가 있어요.
하지만 친구가 잘못된 부탁을 했을 때도 '그래, 친구니까'라며
무조건 들어주는 것이 과연 우정일까요? 누군가의 거짓말에
함께 맞장구치거나, 친구를 감싸기 위해 다른 사람에게 상처
를 주는 건 결국 또 다른 잘못이 될 수 있어요. 진정한 우정은
잘못을 함께하는 게 아니라 멈추게 해 주는 용기에서 시작돼
요. 친구가 나쁜 선택을 하려 할 때 "그건 안 돼"라고 말할 수
있는 용기, 그게 오히려 더 깊은 우정을 만드는 일일지도 몰라
요. 서로를 더 나은 사람으로 이끌어 주는 관계가 오래가는 우
정입니다.

생각해 보기

1. 친구의 부탁을 들어주다가 곤란해진 경험이 있다면 어떤 일이 었나요?

2. 내가 친구의 잘못을 그냥 모른 척한 적이 있다면 왜 그랬나요?

3. 친구가 나의 실수를 지적한 적이 있다면 그때 기분은 어땠고 또 결과는 어땠나요?

오늘의 미션

'친구니까'라는 이유로 무조건 편든 경험을 떠올려 보고 곰곰이 생각해 보세요.

『우정에 관하여』 마르쿠스 툴리우스 키케로

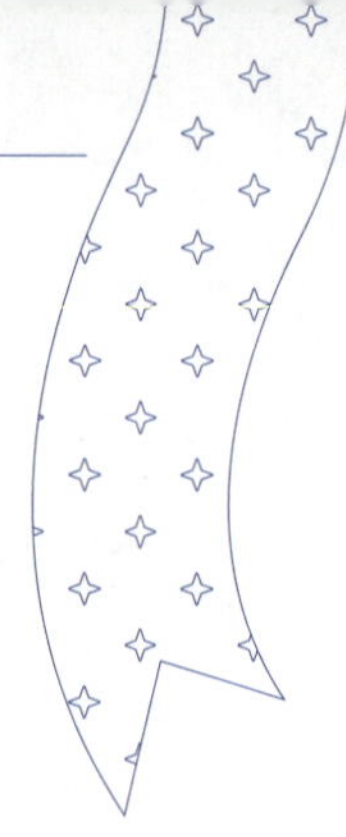

어떤 고전인가요?

『우정에 관하여』는 고대 로마의 정치가이자 철학자인 마르쿠스 툴리우스 키케로가 기원전 44년경에 집필한 대화체 철학서입니다. 카이사르가 암살된 뒤 혼란스러운 정국과 개인적 상실 속에서 오랜 친구이자 정치적 동반자였던 라엘리우스와 스키피오 에밀리아누스를 모델로 삼아 썼습니다. 실제 대화 형식을 빌려 쓰인 이 책은 당시 로마 상류 사회에서 우정이 지닌 정치적·도덕적 의미를 함께 탐구합니다.

이 작품은 친구 아티쿠스에게 헌정되었으며 총 30여 개의 장으로 구성되어 있습니다. 키케로는 이 책에서 우정의 조건, 유지 방법, 도덕적 한계 등을 구체적으로 나누어 설명하며, 라틴어 특유의 간결하고 힘 있는 문체로 정리했습니다. '우정이란 또 다른 자신이다'와 같은 표현은 이후 유럽 각국어로 번역되어 널리 인용되었고, 오늘날에도 고대 로마 사회의 인간관계와 가치관을 연구하는 1차 자료로 활용되고 있습니다.

저자는 누구인가요?

마르쿠스 툴리우스 키케로(Marcus Tullius Cicero, 기원전 106~43년)는 고대 로마의 정치가이자 변론가, 철학자, 문장가입니다. 로마 중부의 아르피눔에서 기사 계층 출신으로 태어나, 로마와 그리스의 아테네·로도스·스미르나에서 수사학과 철학을 공부했습니다. 기원전 63년 로마 공화정의 최고 관직인 집정관에 오르며 정치 무대의 중심에 섰고 탁월한 웅변과 글쓰기로 '로마의 혀'라 불렸습니다. 라틴어 문체의 모범으로 평가받으며 중세, 르네상스, 근대의 정치사상과 인문주의 전통에 깊은 영향을 미쳤습니다.

더 읽어 볼 만한 고전은요?

○ 마르쿠스 툴리우스 키케로,『노년에 대하여』

　나이 드는 삶을 당당하게 받아들이며 삶의 품위를 지키는 지혜에 대한 이야기

○ 마르쿠스 툴리우스 키케로,『의무론』

　공동체와 정의를 위해 우리가 지켜야 할 도리와 책임을 논한 철학서

○ 세네카,『인생의 짧음에 대하여』

　주어진 시간을 더 가치 있게 쓰기 위한 철학적 조언

이 책을 한마디로 말하면?

#진짜우정이란 #고전의지혜 #우정의조건 #변하지않는가치 #키케로의통찰 #함께살기

다른 방식으로 감상해 볼까요?

▶ 박영은 [낭독하는 그녀]

　우정에 관하여–키케로, 진정한 친구는 제2의 자아

마음이 허할 땐 책을 펼쳐 보세요

**고전
한 줄**

사람은 빵을 먹어야 살 수 있듯
책을 읽고 생각을 키우려는 노력이 필요하다.

_빈센트 반 고흐, 『반 고흐, 영혼의 편지』

**고전의
지혜**

몸이 허할 땐 밥을 먹듯 마음이 허할 땐 위로가 필요해요. 외롭거나 이유 없이 기운이 빠질 때, 친구와의 말다툼 뒤처럼 감정이 복잡한 날에는 생각마저 흐릿해지지요. 그럴 때 책 한 권을 펼치면 마치 달콤한 핫초코를 마시는 것처럼 마음이 따뜻해져요. 책 속에는 지금 내가 겪는 고민이 담겨 있기도 하고, 전혀 새로운 생각을 만나면서 답답한 마음이 뚫리기도 하거든요. 책을 읽는다는 건 단지 지식을 얻는 일이 아니라 마음을 돌보는 일입니다.

생각해 보기

1. 마음이 복잡하거나 힘들 때 책을 읽고 위로받은 적이 있다면 어떤 책이었나요?

2. 책을 읽고 나서 생각이나 행동이 달라진 적이 있나요? 어떤 변화였나요?

3. 독서가 필요한 이유는 무엇이라고 생각하나요?

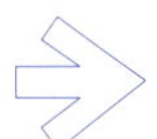

오늘의 미션

책 속 인물 중 '요즘 내 마음을 닮은 인물'을 떠올려 보세요.

하고 싶은 게 있다면
일단 해 보세요

고전 한 줄

삶에는 때로 위험이 도사리고 있는 순간이 있다.
그러나 그 속에서도 우리는 발 디딜 자리를 찾을
수 있다. 새로운 것을 시도할 용기를 내야 한다.
그렇지 않으면 우리의 삶은 점점 의미를 잃고,
그저 흘러가기만 할 것이다.

_빈센트 반 고흐, 『반 고흐, 영혼의 편지』

고전의 지혜

무언가 해 보고 싶은데도 괜히 망설였던 적, 한 번쯤 있지 않
나요? 창피할까 봐, 실패할까 봐, 그냥 '못할 것 같아서' 시작
조차 안 해 본 일들 말이에요. 예를 들어, 그림을 좋아하지만
'내가 그릴 정도는 아니지'라며 몰래 낙서만 하다가 끝내 본
적도 있고, 영어 시간에 손을 들어 보고 싶었지만 '발음을 틀리
면 어쩌지' 싶어 결국 조용히 지나간 적도 있을 거예요. 그런
데 가만히 생각해 보면 누구나 처음엔 서툴 수밖에 없어요. 한
걸음을 내딛지 않으면 길이 생기지 않고, 해 보지 않으면 잘할
기회조차 오지 않거든요. 용기란 멋지고 거창한 게 아니라 그
냥 '해 볼까?' 하고 스스로에게 묻는 그 순간부터 시작됩니다.

생각해 보기

1. 하고 싶었지만 결국 시도하지 못한 일은 무엇인가요?

2. 누군가의 시도를 부러워한 기억이 있다면 왜 그랬었나요?

3. 누군가의 격려 덕분에 용기를 낸 경험이 있나요? 그 말은 어떤 말이었나요?

오늘의 미션

머릿속에만 있던 계획 하나를 종이에 적어 보세요.

조금씩 이어 가면 결국 도착해요

고전
한 줄

위대한 일은 단번에 이루어지지 않는다.
한순간의 열정만으로는 부족하고, 작고 평범한
일들이 차곡차곡 쌓여야 한다.

_빈센트 반 고흐, 『반 고흐, 영혼의 편지』

고전의
지혜

학교 대표로 발표하는 친구나 체육 대회에서 1등 하는 친구를
보면 마치 처음부터 잘했던 것처럼 느껴질 수 있어요. 하지만
가까이서 보면 매일 같은 시간에 연습을 해 왔거나 남들보다
더 오래 붙잡고 있었고, 실수해도 다시 시작했던 시간이 쌓여
있을 거예요. 예를 들어, 영어 단어를 하루에 20개씩 외운다거
나 매일 30분씩 책을 읽는 습관처럼요. 겉으로 보기엔 별거 아
닌 것 같아도 그런 반복이 생각보다 큰 힘이 돼요. 눈에 띄진
않아도 꾸준히 이어 가는 시간은 결국 나를 나답게 만들어 줍
니다. 계속하는 게 쉽진 않지만 그런 태도는 언젠가 내가 바라
던 자리에 도착하게 만들어 주는 큰 힘이 됩니다.

생각해 보기

1. '이걸 왜 하지?' 싶다가 나중에 도움이 된 경험이 있다면 어떤 순간이 었나요?

2. 지금은 잠깐 멈췄지만 다시 이어 가고 싶은 습관은 무엇인가요?

3. 꾸준히 해서 칭찬받은 기억이 있다면 그때 기분은 어땠나요?

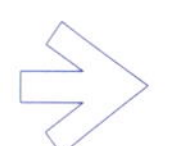

오늘의 미션

매일 꾸준히 해서 이룬 '작은 성취'를 적어 보세요.

『반 고흐, 영혼의 편지』 빈센트 반 고흐

어떤 고전인가요?

『반 고흐, 영혼의 편지』는 네덜란드 화가 빈센트 반 고흐가 1872년 부터 1890년 생애 마지막 해까지 동생 테오에게 보낸 600여 통의 편지 중 일부를 엮은 책입니다. 편지에는 프랑스 아를에서 해바라기를 그리던 시기, 생레미 요양원에서의 생활, 오베르쉬르우아즈에서의 마지막 나날 등 그의 작품과 삶을 직접 잇는 기록이 담겨 있습니다. 고흐는 테오에게 그림 구상, 색채와 빛에 대한 생각, 인물 모델을 구하는 어려움, 재료비와 생활비 문제까지 솔직하게 털어놓았습니다.

이 책은 화가의 내면을 드러내는 예술적 성찰과 함께 19세기 유럽 미술계의 분위기와 당시 화가들이 처한 경제적 현실을 생생하게 전합니다. 또한, 고흐가 사용한 어휘와 문체를 통해 그림 속에서만 보았던 그의 세계관을 문자 그대로 읽을 수 있는 귀중한 자료로 평가됩니다.

저자는 누구인가요?

빈센트 반 고흐(Vincent Van Gogh, 1853~1890년)는 네덜란드 출신의 화가로 강렬한 색채와 거친 붓질로 독창적인 화풍을 남겼습니다. 젊은 시절에는 화랑 점원, 교사, 전도사 등 다양한 일을 거쳤으나 27세 무렵 본격적으로 화가의 길을 걷기 시작했습니다.

파리, 아를, 생레미, 오베르쉬르우아즈 등지에서 활동하며 수백 점의 유화를 남겼으며, 그 과정에서 동생 테오와 주고받은 편지 속에 자신의 예술관과 내면의 갈등을 기록했습니다. 생전에 작품이 거의 팔리지 않아 극심한 가난과 정신적 고통에 시달렸으나 사후에는 인상파와 후기 인상파를 잇는 독보적인 화가로 재평가되었습니다.

더 읽어 볼 만한 고전은요?

○ 서머싯 몸, 『달과 6펜스』

  예술을 위해 모든 것을 던진 화가의 파격적인 인생 이야기

○ 니코스 카잔차키스, 『그리스인 조르바』

  자유롭게, 뜨겁게 살아가는 한 인간의 매혹적인 삶

○ 헤르만 헤세, 『수레바퀴 아래서』

  자신을 잃어 가던 한 소년이 진정한 자아를 찾아가는 이야기

이 책을 한마디로 말하면?

#고흐의편지 #예술과고독 #버티는삶 #고요한용기 #불안한희망 #진심의기록

다른 방식으로 감상해 볼까요?

▶ tvN '벌거벗은 세계사'

  색채의 마술사 고흐가 자신의 귀를 스스로 자른 이유는? 당신이 몰랐던 고흐의 일대기

진실을 말하는 사람은
절대 외롭지 않습니다

**고전
한 줄**

진실을 말해야 한다. 그러면 살아 있는 동안
당신은 결코 홀로 남지 않을 것이고 언제나 곁에
친구가 있을 것이다. 진실함은 사람을 이어 주고
평생 함께할 벗을 만들어 준다.

_찰스 디킨스, 『올리버 트위스트』

**고전의
지혜**

사람들은 억울한 일을 당했을 때조차 솔직하게 말하기를 망설이곤 합니다. 이를테면 누군가 학교 폭력을 당했을 때, 이를 알면서도 입을 다무는 경우가 많습니다. '내가 말하면 더 큰 피해를 입을지도 몰라', '사람들이 나를 외면하면 어쩌지' 하는 두려움 때문입니다. 하지만 사실을 외면한다고 해서 문제가 사라지지는 않습니다. 때로는 진실을 말함으로써 멀어지는 사람도 생기지만 오히려 그런 용기 덕분에 더 깊은 신뢰와 우정을 나눌 수 있는 친구를 만나게 됩니다. 누군가가 용기 있게 먼저 진실을 말할 때, 그 한마디가 세상을 조금 더 정의롭고 따뜻하게 만들 수 있습니다.

생각해 보기

1. 누군가에게 용기를 내어 자신의 잘못을 고백한 적이 있나요? 그 사람의 반응은 어땠고, 그 고백으로 어떤 결과가 있었나요?

2. 어떤 일에 대해 거짓말을 했다가 무척 곤란해진 적이 있나요? 왜 그런 일이 생겼을까요?

3. 친구가 잘못했을 때 솔직하게 지적하고 조언하는 편인가요? 그렇지 못하다면 왜 그런가요?

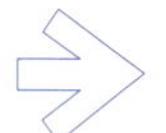

오늘의 미션

누구에게 가장 솔직할 수 있나요? 오늘 그 사람에게 고백할 것이 있다면 진심을 담아 글로 적어 보세요.

눈물은 나약함의 상징이 아닙니다

그녀는 의자에 주저앉아 범블 씨가 지나치게
냉정한 사람이라며 격렬하게 울기 시작했다.
그러나 눈물은 범블 씨의 영혼에 닿지 않았다.
그의 마음은 방수 처리되어 있었다.

찰스 디킨스, 『올리버 트위스트』

어떤 사람은 감정이 결핍되어 여간해서 울지 않습니다. 극T
성향의 사람들이지요. 눈물은 나약함의 표시라고 생각하고 다
른 사람이 울면 자신에게 굴복했다고 생각하며 자랑스러워합
니다. 우리는 눈물을 부끄럽게 생각할 필요가 없습니다. 눈물
은 슬픔이나 굴욕의 표현이 아니라 자신을 성찰하고 성장하게
해 주는 정화의 도구입니다. 연민, 이별, 후회, 고마움 등으로
흘리는 눈물은 우리를 더 나은 사람으로 성장시키는 재료가
될 수 있으니까요.

생각해 보기

1. 울고 싶었는데 꾹 참은 적이 있었나요? 그런 기억이 있다면 왜 그랬고 그때 심정은 어땠나요?

2. 마음이 힘들 때 어떤 방법으로 감정을 표현하나요?

3. 감정에 솔직한 친구와 드러내지 않는 친구 중에 누가 더 편안한가요?

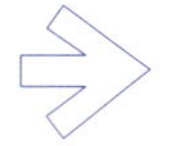

오늘의 미션

가장 기분이 좋았던 순간과 가장 기분이 나빴던 순간을 하나씩 떠올려 봅시다. 그게 무슨 일인지 왜 그런 기분이 들었는지 적어 보세요.

세상은 우리 자신을
비춰 주는 거울입니다

고전
한 줄

세상과 주변 사람을 보며 모든 것이 어둡고
암울하다고 말하는 사람들이 옳을지도 모른다.
그러나 그 어두운 색은, 실은 그들 자신의 병든
눈과 마음에서 비친 것이다.

찰스 디킨스, 『올리버 트위스트』

고전의
지혜

요즘 우리는 "개천에서 용 나기 힘든 세상"이라는 말을 자주
듣습니다. 부모의 사회적 지위나 경제적 환경이 아이의 미래
를 결정짓는 경우가 많기 때문입니다. 정말 어떤 상황에서도
희망과 긍정의 힘은 찾을 수 없을까요? 올리버 트위스트는 고
아로 태어나 밥 한 숟가락 더 달라고 했다가 관 뚜껑 공장으로
팔려 갑니다. 그 후에는 도둑단까지 끌려가 온갖 착취와 오해
를 겪게 되지요. 하지만 그는 희망을 놓지 않았고 세상을 바라
보는 눈이 달라졌습니다. 밝은 시선으로 세상을 보면 초록 잎
사귀 위의 이슬은 더 환하게 반짝이고, 공기는 달콤한 음악처
럼 느껴집니다. 세상은 마치 거울처럼 우리의 마음을 반사해
보여 주거든요. 우리가 세상에 미소 지으면 세상도 우리에게
둘도 없는 다정한 친구가 되어 줄 거예요.

생각해 보기

1. 세상은 누구에게나 똑같이 기회를 준다고 생각하나요? 그렇지 않다면 우리가 할 수 있는 일은 무엇일까요?

2. 만약 올리버 트위스트가 여러분의 친구였다면 그를 위해 무엇을 해 주고 싶나요?

3. 올리버 트위스트는 태어나자마자 고아가 되어 가난과 누명에 시달립니다. 사람의 운명은 스스로의 노력으로 바꿀 수 있을까요? 아니면 사회가 먼저 나서야만 할까요?

오늘의 미션

세상을 다정한 시선으로 바라본 순간이 있었나요? 그런 순간이 있다면 하나 떠올려 보고 짧게 적어 보세요.

『올리버 트위스트』 찰스 디킨스

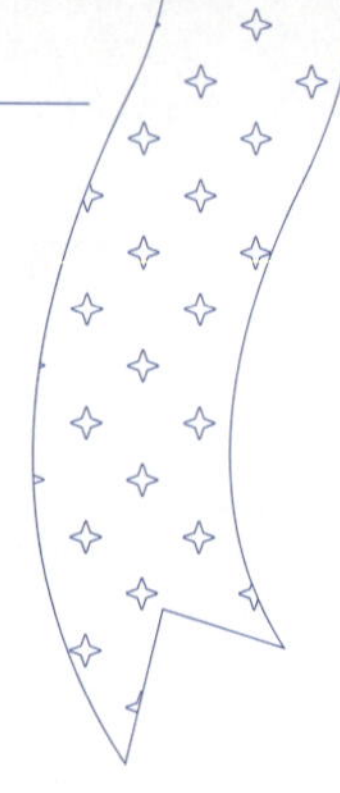

어떤 고전인가요?

『올리버 트위스트』는 19세기 영국 소설가 찰스 디킨스가 발표한 장편 소설로 고아 소년 올리버가 겪는 시련과 성장을 그립니다. 작품은 구빈원에서의 비참한 생활, 범죄 조직의 착취, 그리고 올리버를 돕는 사람들의 이야기를 교차시키며 당시 영국 사회의 빈곤과 부조리를 드러냈습니다. 디킨스는 실제로 존재했던 아동 노동, 구빈법의 문제, 도시 빈민가의 참상을 세밀하게 묘사해 대중에게 강한 충격을 주었습니다.

이 소설은 출간 직후 큰 반향을 일으켜 구빈원 제도의 비인간성과 아동 복지의 부재를 알리는 계기가 되었고, 사회 개혁 논의에도 힘을 보탰습니다. 특히 아동 노동의 문제점과 빈곤층 아동을 보호해야 할 필요성이 부각되면서 이후 영국의 복지 제도와 교육 환경 개선에 영향을 미쳤습니다.

저자는 누구인가요?

찰스 디킨스(Charles Dickens, 1812~1870년)는 19세기 영국을 대표하는 소설가로 사회의 부조리와 빈부 격차, 특히 아동 착취 문제를 사실적으로 묘사한 작품들로 널리 알려져 있습니다. 어린 시절 가세가 기울어 공장에서 일해야 했던 경험은 그의 작품 세계에 깊은 영향을 주었으며 서민과 사회적 약자의 삶을 생생하게 그려

내는 원동력이 되었습니다. 『올리버 트위스트』, 『데이비드 코퍼
필드』, 『위대한 유산』 등 많은 작품에서 감동적인 이야기와 사회
비판을 결합해 대중의 사랑을 받았고, 영국 사회 개혁의 여론을
형성하는 데 중요한 역할을 했습니다.

더 읽어 볼 만한 고전은요?

- 찰스 디킨스, 『크리스마스 캐럴』

  돈밖에 모르던 인색한 노인이 마음의 문을 여는 따뜻한 성찰의 여정

- 마크 트웨인, 『톰 소여의 모험』

  어른이 되기 직전, 세상과 부딪히며 자라나는 소년의 장난과 용기의 일기

- 샬럿 브론테, 『제인 에어』

  혼자서도 꿋꿋하게, 존엄을 지키며 살아 낸 한 여성의 자립 선언서

이 책을 한마디로 말하면?

#소년의눈으로본사회 #정의와희망 #계급의그늘 #빈곤과착취 #구빈원 #청소년노동
#고전은지금도살아있다

다른 방식으로 감상해 볼까요?

 디토이야기

영국 산업혁명 시대 소매치기 소굴에서 벌어진
적나라한 현실

먼저 주는 마음이 사랑입니다

**고전
한 줄**

어린아이의 사랑은 '나는 사랑받기 때문에 사랑해요'에서 시작한다. 성숙한 사랑은 '내가 사랑하기 때문에 사랑받아요'라는 마음에서 시작된다.

_에리히 프롬, 『사랑의 기술』

**고전의
지혜**

누군가가 나를 좋아해 주길 바라는 마음은 자연스러운 감정이에요. 하지만 진짜 가까워지는 관계는 내가 먼저 마음을 내어 줄 때 시작됩니다. 예를 들어, 친구가 요즘 내게 말을 잘 걸지 않는다고 느꼈을 때, 혹시 나도 먼저 다가간 적이 있었는지 돌아보면 생각이 조금 달라질 수 있어요. 급식 줄에서 "오늘 좀 힘들어 보여" 하고 먼저 말을 걸거나 아침에 눈이 마주쳤을 때 먼저 인사하는 것만으로도 관계는 조금씩 달라져요. 먼저 따뜻한 말을 건넬 줄 아는 사람이 진짜 사랑받는 사람이 됩니다. 사랑은 계산 없이 흘러갈 때 더 깊어지는 감정이에요. 작지만 먼저 내민 마음이 사람 사이를 조금 더 가깝게 이어 줍니다.

생각해 보기

1. 누군가에게 먼저 다가가 본 경험이 있다면 어떤 일이었나요?

2. 친구가 나를 챙겨 주지 않아 서운한 적이 있나요? 그때 친구에게 어떻게 했나요?

3. 지금의 관계 중에서 '내가 먼저 사랑할 수 있는 대상'은 누구인가요?

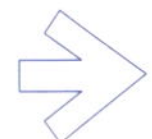

오늘의 미션

좋아하는 친구가 있나요? 친구를 더 이해하기 위해 그 친구의 장점 세 가지를 적어 보세요.

사랑은 감정이 아니라 행동이에요

고전
한 줄

사랑은 수동적인 감정이 아니라
능동적인 활동이다.
사랑은 빠지는 것이 아니라
참여하는 것이다.

_에리히 프롬, 『사랑의 기술』

고전의
지혜

누군가를 좋아하는 마음은 가만히 있어도 생기지만, 그 감정을 오래 이어 가는 건 결국 내가 어떤 태도로 다가가느냐에 달려 있어요. 말로는 "좋아해"라고 하면서도 연락이 와도 답하지 않거나 상대의 이야기를 대충 넘긴 적은 없나요? 마음만으로는 관계가 깊어지지 않아요. 진짜 좋아한다면 시간을 내고, 말 한마디 더 건네고, 가끔은 귀찮고 불편한 상황도 감수하려는 마음이 필요해요. 좋아하는 마음은 그냥 간직하는 게 아니라 함께 이어 가고 싶은 마음으로 표현할 때 더 깊어져요.

생각해 보기

1. 누군가를 좋아하지만 행동으로 표현하지 못했다면 그 이유는 무엇인가요?

2. '사랑을 행동으로 보이는 법'은 어떤 모습인가요?

3. 상대가 나를 위해 보여 준 작은 행동 중 가장 인상 깊은 일은 무엇인가요?

오늘의 미션

감정을 표현하지 않고 미루었던 사람에게 따뜻한 메시지를 보내 보세요.

가까운 사람을 먼저 사랑해 보세요

고전
한 줄

형제애는 단순히 혈연에만 머무는 사랑이 아니다.
그것은 인간 대 인간으로 서로를 존중하고,
필요할 때 서로를 도우며, 가족이 아닌 사람에게도
따뜻한 마음으로 다가갈 수 있게 하는 사랑이다.

_에리히 프롬, 『사랑의 기술』

고전의
지혜

친구나 선생님, 모르는 사람에게는 괜히 더 친절하게 대하면서 정작 같은 집에 사는 형제자매에게는 툭툭 말하고 쉽게 짜증 내는 경우가 많아요. 늘 곁에 있다 보니 말이나 태도를 조심하지 않게 되는 거지요. 가까이 있는 사람이라고 해서 저절로 사이가 좋아지는 건 아니에요. 형제자매 사이도 친구처럼 때로는 친구보다 더 정성 들여야 돈독해질 수 있어요. 먼저 말을 걸고 사소한 부탁도 기꺼이 들어주려는 마음이 필요해요. 집에서는 무심하게 넘겼던 말투 하나, 표정 하나가 관계를 바꾸는 시작이 될 수 있어요. 가장 가까운 사람이기에 더 아껴야 하고, 그래서 더 자주 표현해야 해요.

생각해 보기

1. 요즘 가장 자주 부딪히는 가족 구성원은 누구이고 그 이유는 무엇인가요?

2. 형제자매나 또 다른 가족에게 쉽게 상처 준 적이 있다면 어떤 말이었나요?

3. 가족을 사랑하는 방식과 친구를 사랑하는 방식은 어떻게 다를까요?

오늘의 미션

형제자매나 부모님에게 감사한 점 하나를 찾아 말로 표현해 보세요.

『사랑의 기술』 에리히 프롬

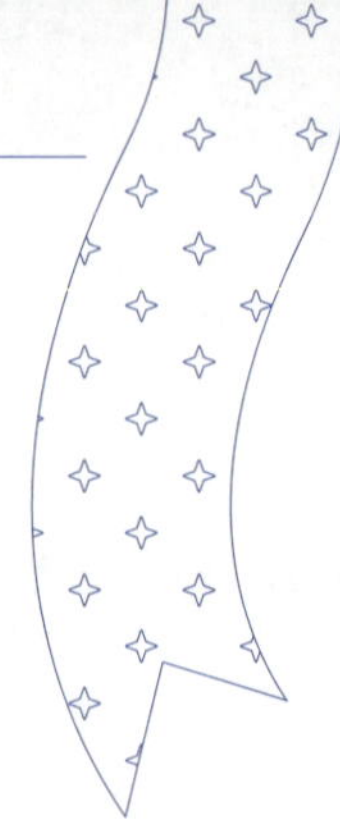

어떤 고전인가요?

『사랑의 기술』은 독일에서 태어나 미국에서 활동한 심리학자이
자 사회철학자인 에리히 프롬이 사랑을 다룬 대표작입니다. 그는
사랑을 단순한 감정이 아니라 연습과 훈련을 통해 익혀야 하는 하
나의 '기술'로 설명합니다. 자기 자신을 존중하는 마음에서 출발
해 부모에 대한 사랑, 연인 간의 사랑, 이웃과 인류 전체에 대한
사랑까지 여러 형태의 사랑을 구분해 분석합니다. 각 유형의 사랑
에는 서로 다른 책임과 태도가 요구되며, 이를 이해하고 실천하는
과정이 성숙한 인간관계의 기초가 된다고 말합니다.

또한, 현대 사회에서 사랑이 왜 종종 왜곡되거나 소모적인 감정으
로 변하는지를 짚으면서 사랑을 '받는 것'보다 '주는 것'에서 진정
한 의미를 찾을 수 있다고 강조합니다. 프롬은 사랑이 단순한 감
정의 상태가 아니라 지속적인 의지와 노력을 요구하는 행위임을
보여 주며, 이를 통해 개인이 고립에서 벗어나 타인과 깊이 연결
될 수 있다고 설명합니다. 이 책은 전 세계적으로 사랑의 본질과
인간관계의 의미를 성찰하는 필독서로 자리 잡았습니다.

저자는 누구인가요?

에리히 프롬(Erich Fromm, 1900~1980년)은 독일 출신의 유대계
심리학자이자 철학자입니다. 젊은 시절 심리학, 철학, 사회학을

공부하며 인간의 마음과 사회의 관계를 탐구했습니다. 나치의 유대인 박해를 피해 1934년 미국으로 이주해 대학에서 강의하고 책을 썼습니다. 사랑과 자유, 인간의 본성에 대해 깊이 고민하며 심리학과 사회를 함께 바라보는 독창적인 시각을 제시했습니다. 『자유로부터의 도피』, 『사랑의 기술』, 『소유냐 존재냐』, 『존재의 기술』 등 그의 책들은 지금도 전 세계에서 널리 읽히고 있습니다.

더 읽어 볼 만한 고전은요?

◦ 에리히 프롬, 『자유로부터의 도피』

사람들이 스스로 자유를 버리고 권위에 기대는 심리의 이유를 밝힌 책

◦ 에리히 프롬, 『소유냐 존재냐』

돈과 물건 중심의 삶에서 벗어나 나답게 살아가는 방법을 찾는 철학 이야기

◦ 에리히 프롬, 『존재의 기술』

사랑하고 배려하며 자신을 키워가는 데 필요한 마음의 연습

이 책을 한마디로 말하면?

#사랑은기술이다 #주는사랑 #성숙한관계 #연습하는사랑 #에리히프롬 #삶의능력

다른 방식으로 감상해 볼까요?

▶ 일당백: 일생 동안 읽어야 할 백 권의 책
사랑은 기술인가? 김풍과 함께하는 사랑에 대한 철학적 사유

PART
4

세상 읽기

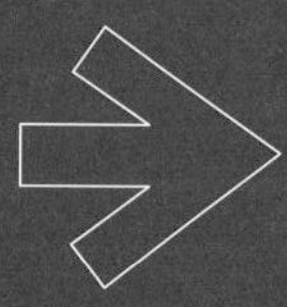

세상 읽기

감추려 해도 진실은 드러납니다

고전
한 줄

뇌물은 아무도 모르게 주고받을 수 있다고
여기지만 시간이 지나면 자연스럽게 드러나기
마련이다. 한밤중에 벌어진 은밀한 일도 아침이
되면 세상 사람들의 입에 오르내리게 된다.

_정약용, 『목민심서』

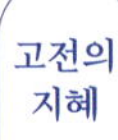

고전의
지혜

간혹 친구가 "이번엔 그냥 모른 척 좀 해 줘"라며 과제를 베끼
겠다고 하거나 "선생님한테는 내가 안 했다고 해 줘"라고 부
탁할 때가 있어요. 그럴 때 순간적으로 '이 정도는 괜찮겠지',
'한 번쯤은 도와줄 수 있잖아' 하는 마음이 들 수도 있지요. 하
지만 그 순간 편의를 봐 준 선택은 결국 나에게로 돌아오게 됩
니다. 내가 받은 것이 작든 크든 그걸로 누군가가 손해를 보게
되면 나 역시 신뢰를 잃게 돼요. 그런 작은 선택이 반복되면
나도 점점 기준이 흐려지게 됩니다. 나중에 돌아봤을 때 마음
이 편하려면 지금 조금 더 솔직하고 정직한 선택을 하는 것이
좋습니다.

생각해 보기

1. 누군가 내게 부탁을 하면서 선물이나 호의를 함께 건넨 적이 있나요? 그때 나는 어떻게 반응했나요?

2. 누군가의 부탁을 거절하기 어려워서 내 기준이 흔들린 적이 있나요?

3. 정직하게 행동했지만 손해를 본 적이 있다면 그 선택을 후회하나요, 아니면 자랑스럽게 생각하나요?

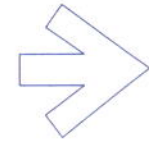

오늘의 미션

선물, 부탁, 친절에 대해 '내가 지킬 원칙 세 가지'를 정리해 보세요.

선행은 조용할수록 깊습니다

**고전
한 줄**

선행을 베풀었을 때는 얼굴로 드러내지 말고
굳이 다른 사람에게 자랑하지도 말아야 한다.
그렇게 겸손하게 행동할 때, 진정한 덕의 가치가
드러난다.

_정약용,『목민심서』

**고전의
지혜**

친구가 반에서 따돌림당하는 분위기일 때, 조용히 말 걸어 주고 함께 밥을 먹어 준 경험이 있나요? 그런 행동은 용기가 필요한 일이기도 하고, 말없이 해 내면 더 의미 있게 남아요. 그런데 그걸 누군가에게 말하고 싶어질 때가 있어요. "그때 나도 안 챙겼으면 진짜 힘들었을 거야"처럼요. 인정받고 싶은 마음이 드는 건 자연스러운 일이지만, 그 말을 꺼내는 순간 처음의 배려는 생색처럼 느껴질 수도 있어요. 오히려 말없이 베푼 친절은 오래 기억에 남습니다. 조용한 행동일수록 진심은 더 또렷하게 전해지고, 그런 친절은 말하지 않아도 마음 깊은 곳에 남게 됩니다.

생각해 보기

1. 남들 모르게 도운 일 중 지금 가장 기억에 남는 행동은 무엇인가요?

2. 내가 한 친절을 자랑할 때와 그렇지 않을 때 어떤 차이가 느껴지나요?

3. 나의 선행을 누군가 대신 칭찬한 적이 있다면 그 순간 어떤 생각이 들었나요?

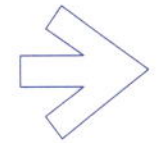

오늘의 미션

나의 작은 친절을 아무에게도 알리지 말고, 나만 아는 노트에 기록해 보세요.

너무 아끼기만 하면
관계도 멀어져요

**고전
한 줄**

절약만 하고 아무것도 쓰지 않으면 가까운
사람들마저 마음이 서서히 멀어지게 된다.
아무리 아껴도 나눔과 베풂이 없다면
결국 사람 사이의 정과 믿음을 잃게 된다.

_정약용, 『목민심서』

**고전의
지혜**

절약은 분명 좋은 습관입니다. 하지만 너무 아끼기만 하다 보
면 오히려 사람 사이의 정이 멀어질 수 있습니다. 때로는 내가
가진 것을 조금 나누는 것이 마음을 나누는 시작이 되기도 하
지요. 친구가 배고플 때 간식을 사 주거나 친구에게 준비물을
나누어 주는 일처럼 작은 씀씀이도 정을 쌓는 방법입니다. 내
것을 너무 아끼려는 마음이 앞서서 함께 나눌 기회를 자꾸 놓
치면 가까웠던 관계도 점점 멀어질 수 있습니다. 절약은 중요
하지만 때로는 기꺼이 나누는 배려도 필요합니다.

생각해 보기

1. 절약하려는 마음 때문에 누군가에게 마음을 표현하지 못한 경험이 있나요? 그때 어떤 상황이었나요?

2. 누군가와 무언가를 나눈 뒤 관계가 더 가까워진 경험이 있다면 어떤 기억인가요?

3. 가까운 친구나 가족과 나누는 것이 어려웠던 경험이 있나요? 그때 나는 왜 망설였나요?

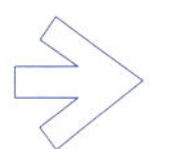

오늘의 미션

나눔이 어려웠던 상황에서 내가 망설인 이유를 솔직하게 써 보세요.

『목민심서』 정약용

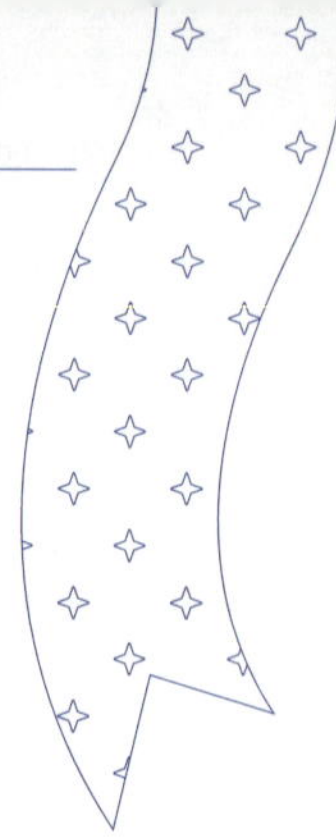

어떤 고전인가요?

『목민심서』는 조선 후기 실학자 정약용이 1818년 전남 강진 유배지에서 집필한 지방 행정 지침서로 부임에서부터 임기 종료까지 지방관이 수행해야 할 직무와 태도를 체계적으로 정리한 책입니다. 제목은 '백성을 기르는 마음가짐을 기록한 글'이라는 뜻을 담고 있으며, 세금 징수, 형벌 집행, 부역 동원, 구휼 제도 등 백성의 삶과 직결되는 행정 전반을 열두 가지 강(綱)과 각 강을 세분한 60여 조항으로 나누어 다룹니다.

정약용은 단순한 법령 해설에 그치지 않고, 지방관에게 권력을 사적으로 남용하지 않도록 경계하라고 조언하며, 청렴·검소·배려를 행정의 기본 원칙으로 제시했습니다. 특히 백성의 고충을 직접 듣고, 필요한 경우 법보다 구휼을 우선해야 한다는 현실적인 조언은 당시 관료 사회의 부패를 비판하는 한편, 오늘날에도 통치 철학의 모범으로 평가됩니다.

저자는 누구인가요?

정약용(丁若鏞, 1762~1836년)은 조선 후기의 대표적인 실학자로 본관은 나주, 자는 미용(美鏞), 호는 다산(茶山)입니다. 젊은 시절 과거에 급제하여 관직에 올랐으나 신유박해 때 가톨릭 신앙과의 연루 혐의를 받아 전남 강진으로 유배되었습니다. 약 18년간의 유배 생활 동안 그는 행정, 법률, 농업, 토목, 교육 등 다양한 분야에 걸친 500여 권의 저술을 남겼습니다. 정약용은 실학사상을 바탕으로 백성의 생활을 개선하고 국가 제도를 개혁하려는 실천적 학문을 추구했습니다.

더 읽어 볼 만한 고전은요?

- 한비자, 『한비자』

  질서와 통치를 위해 법과 제도로 다스리는 지혜

- 니콜로 마키아벨리, 『로마사 논고』

  강한 나라를 만들기 위한 권력과 전략의 통찰

- 홍자성, 『채근담』

  마음을 다스리고 사람답게 사는 법을 전하는 동양의 지혜서

이 책을 한마디로 말하면?

#백성을위한행정 #다산의실용정치 #공직자의자세 #유배지에서핀정치철학 #실천하는책 #애민사상

다른 방식으로 감상해 볼까요?

▶ **중앙선거관리위원회**

정약용 / 목민심서 : 다산, 애민의 정치를 말하다

행복하다고 말하기 전에,
잠깐만요

**고전
한 줄**

자신이 운이 좋은 사람이라 말할 수는 있다.
하지만 죽기 전까지는 자신이 행복한 사람이라고
말하는 것은 삼가는 게 좋다.

_헤로도토스, 『헤로도토스 역사』

**고전의
지혜**

시험을 잘 보고, 친구들과도 사이가 좋고, 원하는 것이 다 이루어지는 순간, 우리는 종종 '이제 걱정은 끝났어'라고 생각합니다. 하지만 삶은 언제나 예측할 수 없는 방향으로 흐르기 때문에 모든 게 순조로울 때일수록 마음을 다잡을 필요가 있습니다. 고대 그리스의 역사가 헤로도토스는 아테네의 현자 솔론의 말을 인용해 사람은 죽기 전까지는 정말 행복했는지 알 수 없다고 전했습니다. 실제로 아침까지 아무렇지 않던 일상이 오후엔 갑작스러운 사고나 갈등으로 뒤바뀔 수 있으니까요. 지금 상황이 아무리 좋아 보여도 방심하지 않고 조심스럽게 하루를 살아가는 태도는 삶을 지켜 주는 힘이 됩니다.

생각해 보기

1. '꽤 행복한 것 같아'라고 느낀 적이 있나요? 그 이유는 무엇인가요?

2. '행복한 사람'은 어떤 모습인가요? 여러분이 생각하는 행복의 기준은 무엇인가요?

3. 겸손하지 못한 태도 때문에 후회했던 경험이 있다면 언제였나요?

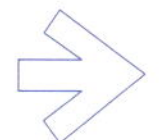

오늘의 미션

오늘 하루 중 행복하다고 느낀 순간을 적어 보세요. 그 순간이 왜 행복한지 한 줄로 덧붙여 보세요.

때로는 느슨해져도 괜찮아요

**고전
한 줄**

활을 가진 사람은 필요할 때는 활시위를
당기지만 쓰고 나면 풀어 둔다. 활을 계속
당겨 놓으면 결국 부러져서 진짜 필요할 때는
쓸 수 없게 되기 때문이다.

_헤로도토스, 『헤로도토스 역사』

**고전의
지혜**

우리는 "열심히 쉬지 않고 해야 해!", "시작을 했으면 끝을 봐
야지" 같은 말을 자주 듣습니다. 쉬면 뒤처질까 봐 불안하고,
멈추면 모든 걸 포기한 것처럼 느껴지기도 하지요. 헤로도토
스는 활은 필요할 때 당기지만, 계속 당겨 두면 결국 부러져서
쓸 수 없다고 했습니다. 늘 긴장한 채 살면 결국 지치고 포기
할 수 있다는 충고입니다. 활과 마찬가지로 우리도 쉴 때는 제
대로 쉬어야 다시 집중할 수 있습니다. 스스로에게 휴식을 허
락할 줄 아는 사람이 오히려 더 멀리 갑니다. 활처럼 사람도
잠시 느슨해질 때 더 강해질 수 있어요.

생각해 보기

1. 나만의 진짜 휴식 방법은 무엇인가요? 왜 그게 잘 맞다고 느끼나요?

2. 쉬고 나서 오히려 더 잘된 경험이 있다면 언제였나요?

3. 쉬고 싶은데도 참은 적이 있다면 왜 그랬나요?

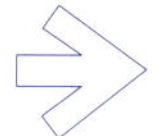

오늘의 미션

단 10분이라도 아무것도 하지 않고 가만히 쉬는 시간을 가져 보세요.
그 시간이 당신을 더 멀리 날려 줄 준비일지도 몰라요.

싸우기보다 평화를 지켜 주세요

고전
한 줄

이성적인 사람이라면
평화를 두고 전쟁을 선택하지 않는다.

_헤로도토스, 『헤로도토스 역사』

고전의
지혜

누군가 나를 무시하거나 단체 채팅방에서 내 말을 일부러 못 본 척하면 우리는 흔히 '이건 참을 수 없어', '한마디 해야지'라는 생각이 들곤 합니다. 하지만 진짜 용기 있는 선택은 싸움을 피하고 마음을 가라앉히는 쪽일지도 모릅니다. 고대 그리스의 역사가 헤로도토스는 전쟁은 모든 질서를 무너뜨리고 누구에게도 도움이 되지 않는 고통만 남긴다고 했습니다. 전쟁은 나라 사이에서만 일어나는 게 아니라 친구와의 사소한 말다툼, 무리에서 누군가를 따돌리는 행동 속에서도 일어납니다. 작은 갈등일수록 더 쉽게 피할 수 있고, 먼저 멈추는 사람이 결국 평온을 지키는 사람이 됩니다.

생각해 보기

1. '내가 이겨야 해!'라는 생각 때문에 오히려 상처가 컸던 경험이 있나요?

2. 말싸움에서는 이겼는데 기분이 더 나빠진 경험이 있다면 언제였고 어떤 상황이었나요?

3. 싸움에서 이기는 것보다 피하는 것이 더 용기 있는 행동이라는 말에 동의하나요? 왜 그렇게 생각하나요?

오늘의 미션

말다툼이나 어색한 분위기를 부드럽게 바꾸기 위해 내가 할 수 있는 행동은 무엇인가요? 한 가지만 실천해 보세요.

『헤로도토스 역사』 헤로도토스

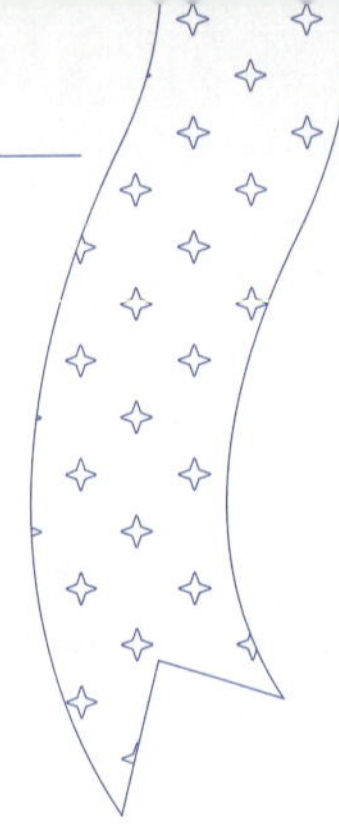

어떤 고전인가요?

『헤로도토스 역사』는 고대 그리스의 역사가 헤로도토스가 기원전 5세기경에 쓴 인류 최초의 역사서입니다. 그리스와 페르시아 제국 사이의 전쟁(페르시아 전쟁)을 중심으로 전쟁이 일어난 정치적 배경과 각 도시 국가의 선택을 면밀히 기록했습니다. 여기에 그치지 않고 유럽과 아시아 곳곳을 여행하며 관찰한 다양한 민족의 풍습과 종교, 정치 제도, 지리적 환경을 덧붙여 서술했습니다. 당시로서는 드물게 사실을 밝히려는 태도를 보였으며, 단순한 연대기가 아니라 사건의 원인과 결과를 추적하려는 시도로 역사를 '이야기'가 아닌 '연구'의 대상으로 끌어올렸습니다.

헤로도토스는 왕과 장군뿐 아니라 평범한 사람들의 생활과 전통까지 세세하게 담아냈고, 각지에서 들은 전설과 목격담을 흥미롭게 풀어냈습니다. 이러한 묘사 덕분에 독자들은 고대 세계를 마치 눈앞에서 보는 듯한 생동감을 느낄 수 있습니다. 헤로도토스는 이런 기록을 통해 권력과 인간의 선택이 역사를 어떻게 움직이는지를 보여 주었고, 그 방식은 훗날 역사 서술의 기본 틀이 되었습니다.

저자는 누구인가요?

헤로도토스(Herodotos, 기원전 약 484~425년)는 고대 그리스의 역사가로 소아시아 할리카르나소스(현재의 튀르키예 보드룸)에서 태어났습니다. 젊은 시절부터 광범위하게 여행하며 각 지역의 역사와 문화를 직접 관찰하고 기록했으며, 이 경험이 대표작 『헤로도토스 역사』의 밑바탕이 되었습니다. 전쟁, 정치, 종교뿐 아니라 지리와 풍습까지 아우르는 폭넓은 시야로 사건을 해석했고, 단순한 전승이 아니라 원인과 결과를 분석하려는 시도를 통해 '역사의 아버지'로 불리게 되었습니다.

더 읽어 볼 만한 고전은요?

- 사마천, 『사기 열전』

  한 사람의 기록이 천 년의 역사를 비추는 동양 전기의 원형

- 자와할랄 네루, 『세계사 편력』

  감옥에서 딸에게 쓴 편지로 완성된 살아 있는 세계사 강의

- 아널드 토인비, 『역사의 연구』

  문명의 흥망을 질문하며 인간사를 꿰뚫은 사유의 여정

이 책을 한마디로 말하면?

#역사의시작 #인간과권력 #고대세계여행 #전쟁과선택 #전설 #페르시아전쟁

다른 방식으로 감상해 볼까요?

▶ **플라톤 아카데미**

[김상근의 르네상스 인문학 산책]
헤로도토스의 『역사』

일이 안 풀릴 땐
책상부터 정리해 보세요

고전 한 줄

외양간이나 돼지우리까지도 정갈하게 정리되어 있고, 땔감이며 두엄 더미까지 질서 있게 쌓여 있었다. 이렇게 모든 것이 제자리에 있을 때야 비로소 그것을 제대로 '이용한다'라고 말할 수 있다.

_박지원, 『열하일기』

고전의 지혜

일이 잘 안 풀릴 때는 괜히 마음이 조급해지고, 복잡한 계획부터 떠올리게 됩니다. 오히려 막막할수록 작고 단순한 일부터 정리해 보는 것이 더 도움이 됩니다. 책상이 어지러우면 마음도 산만해지고, 그런 상태로는 좋은 생각도 집중도 따라오지 않습니다. 작은 정리는 마음의 흐름을 바꾸는 시작점이 됩니다. 공부가 안 될 땐 눈앞에 가장 어수선한 한 곳부터 정리해 보세요. 책상이나 잠자리를 정돈하다 보면 어느새 마음이 가라앉고, 해야 할 일이 눈에 들어오기 시작합니다. 어지러운 마음은 어질러진 자리에서 더 자라나고, 차분한 집중은 정돈된 공간에서 피어납니다.

생각해 보기

1. 일이 잘 안 풀린다고 느낀 적은 언제였고 그때 나는 무엇부터 시작했나요?

2. 어질러진 주변을 정리하고 나서 생각이나 감정이 정돈된 경험이 있다면 그때 어떤 기분이었나요?

3. 나만의 '정리 루틴'이 있나요? 없다면 만들고 싶은 정리 습관은 무엇인가요?

오늘의 미션

마음이 가장 편해지는 정돈된 공간을 사진으로 남겨 보세요.

누구나 선생님이 될 수 있어요

고전 한 줄

백성에게 이롭고 나라에 도움이 되는 일이라면,
그 방법이 오랑캐에게서 나왔다 해도
나는 기꺼이 본받을 것이다.

_박지원, 『열하일기』

고전의 지혜

우리는 보통 나보다 나이가 많거나 지위가 높은 사람에게서만 배울 수 있다고 생각합니다. 하지만 진짜 배움은 누구에게든 열려 있어야 합니다. '쟤한테 뭘 배워?' 하는 마음을 내려놓고, 누구에게든 배우겠다는 태도를 가지면 내 마음도 훨씬 더 넓어집니다. 듣고 싶은 말에만 귀를 기울이고 존경하는 사람에게만 배운다면 놓치는 게 많습니다. 세상에는 배울 게 너무 많고, 그중 많은 것이 무심코 지나쳤던 사람들에게 있을 수 있습니다. 배움 앞에서는 누구나 나의 선생님이 될 수 있습니다.

생각해 보기

1. 나보다 어리거나 평소에 주목하지 않았던 친구에게서 배운 경험이 있다면 어떤 것인가요?

2. 어떤 사람에게서 더 쉽게 배우려고 하나요? 그 기준은 배움을 넓히는 데 도움이 된다고 생각하나요?

3. 지금까지 가장 깊이 배운 한마디나 행동은 무엇인가요? 그것을 누구에게서 듣거나 보았나요?

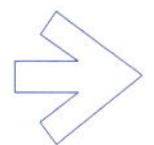

오늘의 미션

마음속으로 무시한 적이 있는 사람을 떠올리고 그 사람의 가장 큰 장점을 써 보세요.

보고 듣는 것보다
직접 겪는 공부가 깊습니다

**고전
한 줄**

입으로 말하고 귀로 듣기만 하는 사람은 함께
학문을 이야기할 수 있는 사람이 되지 못한다.
그런 사람은 남이 전해 주는 지식만을 반복할 뿐,
스스로 보고 느끼고 깨달은 바가 없다.

_박지원, 『열하일기』

**고전의
지혜**

책에서 배우는 공부는 시작일 뿐입니다. 진짜 배움은 그 지식
을 실제로 확인하고, 내 삶 속에서 직접 겪어 보는 과정에서
완성됩니다. 가족과 함께 역사 유적지를 걸으며 느낀 현장의
공기, 친구와 공연을 보며 마주한 감동은 책 속 지식을 넘어선
깊이를 줍니다. 예를 들어, 책에서만 보던 독립운동가의 이야
기를 들은 후 서대문형무소 역사관을 직접 방문해 보면, 단어
로만 알던 '고통'과 '희생'이 가슴 깊이 새겨지는 것을 느낄 수
있습니다. 눈으로 보고 귀로 듣는 데 그치지 않고 몸으로 경험
한 배움은 훨씬 더 오래 기억되고, 삶을 바라보는 시야도 함께
넓어집니다. 때때로 책을 덮고 밖으로 나가 직접 보고 듣고 느
껴 보는 시간이 필요합니다.

생각해 보기

1. 책이나 수업에서 배운 내용을 실제로 경험한 적이 있다면 어떤 상황이었고 무엇을 느꼈나요?

2. 친구와 함께한 공연, 전시, 활동 중에서 나에게 배움이 된 순간은 언제였나요?

3. 지금까지 경험한 배움 중에서 가장 오래 기억에 남아 있는 건 무엇이고 왜 그럴까요?

오늘의 미션

집에서 가까운 박물관, 전시회, 유적지 중 한 곳을 찾아보세요.

『열하일기』 박지원

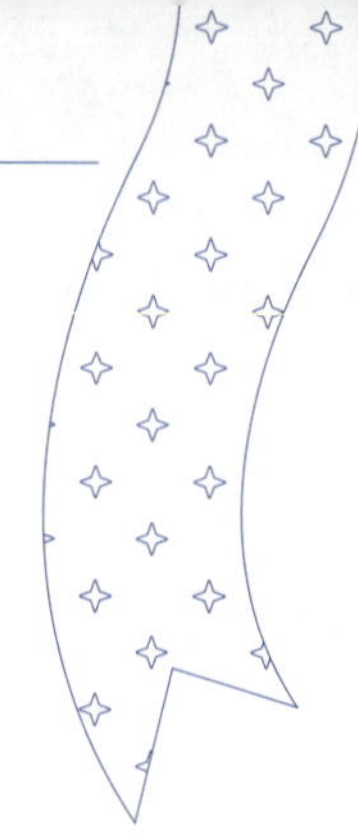

어떤 고전인가요?

『열하일기』는 조선 후기 실학자 박지원이 1780년(정조 4년) 청나라 건륭제의 팔순을 축하하는 사절단에 수행원으로 참여하여 북경과 열하(熱河)를 다녀온 뒤 기록한 방대한 기행문입니다. 여행 경로와 풍경, 사람들의 모습을 차례로 기록했고 청나라의 상업과 기술 수준, 백성들의 생활상, 정치 제도와 문화 풍속이 섬세하게 담겨 있습니다. 박지원은 객관적이고 비판적인 태도로 이웃 나라를 바라보았으며, 이를 통해 조선 사회의 뒤처진 제도와 관습을 되돌아보게 했습니다.

또한, 이 작품은 단순한 사실 기록을 넘어 문학적 완성도가 뛰어나다는 평가를 받습니다. 박지원은 다양한 문체를 자유롭게 구사하며, 때로는 익살스러운 유머와 날카로운 풍자를 곁들여 흥미를 이끌어 냅니다. 여정 속에서 만난 여러 인물들과 사건들이 생생하게 묘사되어 있어, 읽는 사람이 마치 18세기 청나라를 함께 여행하는 듯한 몰입감을 선사합니다. 이러한 점에서 『열하일기』는 실학사상과 문학적 감각이 절묘하게 어우러진 조선 후기 산문의 걸작으로 불립니다.

저자는 누구인가요?

박지원(朴趾源, 1737~1805년)은 조선 후기의 대표적인 실학자이자 문인이며, 호는 연암(燕巖)입니다. 현실 사회의 문제를 날카롭게 인식하고 이를 개혁하려는 실사구시(實事求是)의 정신을 바탕으로 글을 썼습니다. 또 청나라의 앞선 문물을 직접 보고 배우려는 개방적인 태도로 조선의 후진성을 극복하고자 했습니다. 문학적으로도 뛰어난 재능을 발휘해 『열하일기』를 비롯해 당대의 부패한 사회와 허례허식을 풍자한 단편 소설집 『연암집』, 『허생전』, 『호질』, 『양반전』 등 다수의 작품을 남겼습니다.

더 읽어 볼 만한 고전은요?

○ 박지원, 『양반전』

　　조선 사회의 위선과 허례를 날카롭게 풍자한 단편 소설

○ 박제가, 『북학의』

　　청나라 문물을 배우자는 북학 사상의 대표 고전

○ 유길준, 『서유견문』

　　서양의 문물과 제도를 관찰한 근대적 시선의 기록

이 책을 한마디로 말하면?

#기행과사유 #연암의눈 #18세기르포 #청나라문물 #실학의현장 #여행을통한성찰

다른 방식으로 감상해 볼까요?

▶ **플라톤 아카데미**

　　[위대한 유산] 『열하일기』 (고미숙 고전 평론가)

▶ **KBS 역사저널 그날**

　　HD역사스페셜 - 박지원의 『열하일기』 4천 리를 가다

다른 사람의 실수도
배움이 됩니다

현명한 사람은 어리석은 사람에게서도
많은 것을 배우지만, 어리석은 사람은 현명한
사람에게서조차 배우지 못한다.
지혜로운 이는 남의 실수를 거울삼아 자신을
살피지만, 어리석은 이는 현명한 이의 성공에서
아무것도 배우지 못한다.

_플루타르코스, 『플루타르코스 영웅전』

누구나 실수를 할 수 있습니다. 하지만 지혜로운 사람은 그 실수를 되풀이하지 않고, 그 안에서 반드시 배울 점을 찾습니다. 반면, 어리석은 사람은 같은 실수를 반복하면서도 왜 그런 일이 일어났는지 돌아보지 않고 결국 아무 교훈도 얻지 못합니다. 실수를 통해 자신을 돌아보고 개선하려는 태도는 성장을 위한 첫걸음입니다. 현명한 사람은 자신의 실수뿐만 아니라, 다른 사람의 경험에서도 깊은 배움을 얻습니다. 그러나 배우려는 마음이 없는 사람은 주변에서 어떤 일이 벌어지든 무심하게 지나치고 맙니다. 어리석은 사람에게 실수는 단순한 해프닝에 불과하지만, 현명한 사람에게는 더 나은 나를 만들어가는 소중한 기회가 됩니다. 우리는 실수를 통해서 성장하고 배웁니다.

생각해 보기

1. 최근에 다른 사람의 실수에서 어떤 교훈을 얻었나요?

2. 실수를 다시 반복하지 않기 위해 어떤 노력을 했나요?

3. 주변에서 본받고 싶은 사람은 누구이며 그 이유는 무엇인가요?

오늘의 미션

주변 사람들의 실수를 관찰하고 그중에서 내가 배운 점 한 가지를 글로 적어 보세요.

칭찬은 없어도
떳떳한 길을 선택하길 바라요

고전
한 줄

나는 나쁜 일을 하고도 벌을 받지 않기보다
옳은 일을 하고서도 상을 받지 못하는 길을
택하겠다. 또한, 모든 사람의 잘못은 용서할 수
있지만 나 자신의 실수는 용서할 수 없다.

_플루타르코스, 『플루타르코스 영웅전』

고전의
지혜

많은 사람이 잘한 일이 있으면 보상을 받고 싶어 하고 잘못하면 혼나지 않기를 바랍니다. 그러나 로마의 정치가 대(大) 카토는 보상을 못 받더라도 옳은 일을 하고, 다른 사람의 잘못은 용서해도 자신에게는 엄격하겠다는 신조로 살았습니다. 그에게 중요한 것은 남의 평가가 아니라 자신의 양심에 떳떳한가였습니다. 우리는 일상에서 '이거 다른 사람은 모르는데 그냥 넘어갈까?'라든가 '내가 정말 대단한 일을 했는데 왜 남들은 알아주지 않는 거지?'라고 생각할 때가 많습니다. 칭찬받을 일과 잘못한 일은 언젠가 반드시 알려지게 되어 있어요.

생각해 보기

1. '이건 정말 잘했다!'라고 느꼈지만 아무도 알아주지 않아 섭섭한 적이 있나요?

2. '이건 옳은 일인데 내가 손해 보기 때문에 하지 않을 거야' 하는 마음이 든 순간이 있다면 언제였나요?

3. 실수했을 때 가장 힘든 건 다른 사람의 시선인가요? 본인의 양심인가요?

오늘의 미션

남이 보지 않았지만 스스로 '잘했다!'라고 느낀 행동이 있다면 그것을 적어 보세요. 그리고 왜 그렇게 행동했는지도 함께 돌아보세요.

결국은 시간이 말해 줄 거예요

고전
한 줄

시간은 가장 현명한 조언자다.

_플루타르코스, 『플루타르코스 영웅전』

고전의
지혜

용감하고 명예욕이 강한 장군은 종종 성급하게 위험이 따르는 전쟁을 감행합니다. 큰 승리를 거두고 위대한 장군으로 칭송받고 싶기 때문이지요. 현명한 지도자는 이런 용감한 사람들을 부러워하지도 닮으려고도 하지 않습니다. 성급함을 이겨내고 기다리다 보면 좀 더 좋은 판단을 내릴 수 있으니까요. 우리는 일상생활 속에서 성급한 결정을 내려야 할 것 같은 순간을 많이 경험합니다. '이거 살까?', '이 말 해 버릴까?', '이 친구랑 계속 만나야 할까?' 가장 좋은 결정은 시간이 지나도 옳다고 느껴지는 선택입니다. 오늘의 감정은 내일이면 거품처럼 사라질지도 모릅니다. 당장 결정해야 할 문제가 아니라면 가장 현명한 조언자인 시간에 물어보세요. 그러면 좀 더 좋은 결정을 할 수 있어요.

생각해 보기

1. 최근에 성급한 결정을 했다가 후회한 일이 있나요? 그때 시간을 좀 더 두고 결정했다면 결과가 달라졌을까요?

2. 기다린 덕분에 더 좋은 결과를 얻은 적이 있나요? 그때 어떤 점이 달라졌나요?

3. 어떤 상황에서 가장 조급해지나요? 그 조급함은 어디에서 오는 걸까요?

오늘의 미션

지금 당장 사고 싶은 물건이 있다면 딱 일주일 동안 장바구니에 담아 두세요. 일주일 뒤에도 여전히 갖고 싶다면 그때 다시 생각해 보세요.

『플루타르코스 영웅전』 플루타르코스

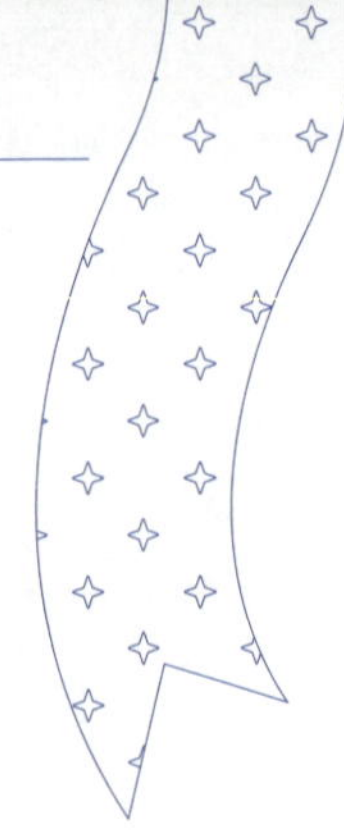

어떤 고전인가요?

『플루타르코스 영웅전』은 고대 그리스와 로마의 대표적인 인물 50여 명의 생애를 비교하며 서술한 고대 그리스 철학자이자 역사가 플루타르코스의 전기 작품입니다. 단순히 위인들의 업적을 나열하는 데 그치지 않고 인물의 성격과 가치관, 중요한 선택의 순간, 그리고 그 행동이 공동체와 역사에 어떤 결과를 가져왔는지를 깊이 있게 탐구했습니다. 특히 알렉산드로스 대왕과 카이사르, 테세우스와 로물루스처럼 서로 다른 시대와 문화권의 인물을 짝지어 비교하는 방식은 독자로 하여금 인간의 본성과 리더십의 본질을 폭넓게 성찰하게 합니다.

이 작품은 시대와 문화를 초월한 인간 탐구서로 나폴레옹, 처칠, 셰익스피어, 괴테를 비롯한 수많은 위인들에게 깊은 영향을 끼쳤습니다. 인물들의 장점뿐 아니라 한계와 실패까지 솔직하게 드러내어 독자는 역사 속 인물들의 성공과 몰락에서 삶의 교훈을 얻을 수 있습니다. 통찰력과 서사적 재미 덕분에 『플루타르코스 영웅전』은 동양의 『삼국지』와 자주 비교되며, 정치·전쟁·철학·인간관계 전반에 걸쳐 삶의 방향과 선택에 대한 깊은 영감을 주는 명작으로 자리매김하고 있습니다.

저자는 누구인가요?

플루타르코스(Ploutarchos, 약 46~120년)는 고대 로마 제국 시대에 살았던 그리스 출신 학자로 철학과 역사뿐 아니라 도덕과 교육에도 깊은 관심을 가졌습니다. 그리스 보이오티아 지방의 케로네이아에서 태어나 아테네에서 공부했고 로마에서도 활동하며 다양한 인물과 교류했습니다. 학문뿐 아니라 지역 행정에도 참여하며 공직자로서의 역할도 수행했고, 여러 나라의 문화와 풍습을 직접 경험했습니다.

더 읽어 볼 만한 고전은요?

○ 티투스 리비우스,『로마사』

　힘이 지배하던 시대 시민이 나라를 세운 이야기

○ 가이우스 율리우스 카이사르,『갈리아 전쟁기』

　말과 글로 전쟁까지 이긴 사람, 자기 서사의 힘을 증명한 기록

○ 투키디데스,『펠로폰네소스 전쟁사』

　누구도 책임지지 않은 전쟁이 남긴 것, 냉정한 관찰의 보고서

이 책을 한마디로 말하면?

#영웅이란무엇인가 #비교를통한통찰 #인간본성 #역사속선택 #처세 #리더십의거울

다른 방식으로 감상해 볼까요?

▶ 플라톤 아카데미

　[김상근의 르네상스 인문학 산책]
　『플루타르코스 영웅전』

자유 시간,
어떻게 보내고 있나요?

**고전
한 줄**

유토피아의 아이들은 스스로 공부할 수 있을
정도로 기본 교육을 받는다. 그리고 남자든
여자든 많은 사람이 일을 마친 후 여가 시간에
책을 읽거나 강의를 들으면서 시간을 보낸다.

_토머스 모어, 『유토피아』

**고전의
지혜**

여가 시간에는 아무 생각 없이 영상을 틀거나 게임을 하거나
웹툰을 보는 일이 많습니다. 특별히 계획하지 않아도 그냥 손
이 가는 대로 시간을 보내게 되는 경우이지요. 가끔은 그 시간
을 나를 위한 배움에 써 보는 것도 괜찮습니다. 꼭 시험을 위
한 공부가 아니어도 좋습니다. 궁금했던 걸 찾아보거나 관심
있는 주제의 책을 읽어 보는 것도 의미 있는 경험이 될 수 있
습니다. 누가 시켜서 억지로 하는 공부보다 내가 알고 싶어서
시작한 배움이 훨씬 더 오래 남습니다. 조금씩 생산적으로 보
낸 자투리 시간은 생각보다 더 큰 변화를 만들어 냅니다.

생각해 보기

1. 여가 시간을 보낼 때 주로 무엇을 하나요?

2. 자발적으로 공부하거나 배워 본 경험이 있다면 어떤 것이 있나요?

3. 지금 배우고 싶은 것이 있다면 그 이유는 무엇인가요?

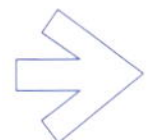

오늘의 미션

유튜브나 넷플릭스 대신 짧은 지식 콘텐츠(예: 강의, 다큐 등) 하나를
시청해 보세요.

생각이 달라도 함께 살아가야 해요

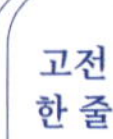

**고전
한 줄**

유토피아에서는 다양한 종교가 함께 어울린다.
사람들은 서로의 종교를 억압하지 않고,
다르다는 이유로 차별하거나 미워하지 않는다.

_토머스 모어, 『유토피아』

**고전의
지혜**

특정 종교를 떠올리자마자 "극단적이다", "이상한 사람들이다"
라고 말하는 경우가 있습니다. 누군가가 그 종교를 믿는다고
하면 뒤에서 수군거리거나 괜히 멀리하는 분위기가 생기기도
합니다. 그건 개인이 아닌 종교 전체를 단정 짓는 편견에 가깝
습니다. 어떤 종교든 그 안에는 다양한 사람이 있고 다양한 방
식으로 믿음을 실천합니다. 겉으로 보이는 일부 모습이나 인
터넷에서 본 정보만으로 전체를 판단하는 건 위험합니다. 서
로의 믿음을 있는 그대로 받아들이는 태도는 다른 생각을 이
해하고 존중하는 좋은 연습이 될 수 있습니다.

생각해 보기

1. 최근에 '틀렸다'라고 생각한 누군가가 사실은 '다를 뿐'이라는 걸 깨달은 적이 있나요?

2. 내가 속한 모임(반, 동아리 등)에서 가장 다양한 생각들이 존재하는 주제는 무엇인가요?

3. 나와 많이 다른 그 친구에게 먼저 다가가 본 적이 있나요?

오늘의 미션

나와 다른 의견을 가진 친구의 말을 중간에 끼어들지 말고 끝까지 들어 보세요.

유토피아 사람들은 금을 특별하게 보지 않았어요

고전 한 줄

유토피아 사람들은 금이나 보석을 귀하게 여기지 않는다. 오히려 지위가 낮은 사람들이 쓰는 도구나 용품처럼 특별한 가치가 없는 물건을 만드는 데 사용한다. 이렇게 함으로써 금과 보석이 부나 권력의 상징이 아니라 그저 평범한 재료에 불과하다는 인식을 심어 준다.

_토머스 모어, 『유토피아』

고전의 지혜

우리는 비싼 옷이나 유명 브랜드를 보면 자연스럽게 멋지고 특별하다고 느낍니다. 친구가 최신 휴대폰을 가지고 오면 부럽다고 생각하고, 유명한 로고가 새겨진 가방을 보면 괜히 더 있어 보인다고 느낍니다. 하지만 겉으로 보이는 것이 전부는 아닙니다. 사람의 진짜 가치는 어떤 걸 입었는지가 아니라 어떤 태도로 살아가는지에 달려 있습니다. 말투, 행동, 책임감처럼 눈에 잘 띄지 않지만 일상에서 계속 드러나는 것들이 더 오래 기억에 남습니다. 겉이 아닌 삶의 방향에 더 마음을 두는 태도가 지금 우리에게 필요한 기준입니다.

생각해 보기

1. 정말 필요해서가 아니라 단지 갖고 싶어서 원한 것은 무엇인가요?

2. 나에게는 소중하지만 남들은 하찮게 여기는 물건이 있다면 어떤 건가요?

3. 사람을 만날 때 외모, 옷차림, 말투 중 어떤 것에 가장 영향을 받나요? 그 이유는 무엇인가요?

오늘의 미션

지금 가진 물건 중 하나를 골라 그게 왜 소중한지 이유를 기록해 보세요. 단, 가격 말고 다른 이유로요.

『유토피아』 토머스 모어

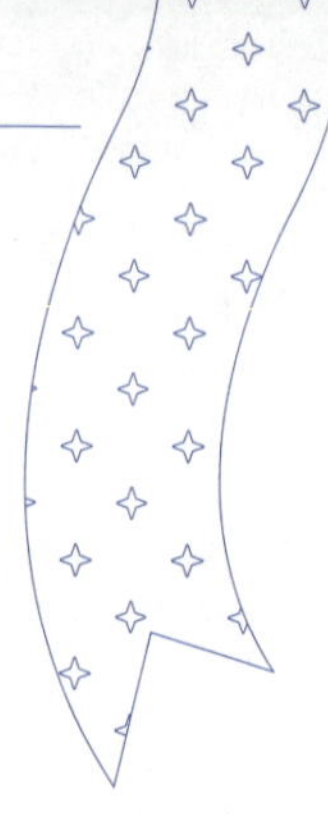

어떤 고전인가요?

『유토피아』는 16세기 영국의 정치가이자 인문주의자 토머스 모어가 1516년 라틴어로 집필한 사회철학서입니다. '유토피아(utopia)'라는 단어는 이 책에서 처음 등장했으며, 그리스어로 '없는 곳(no place)'을 뜻합니다. 작품은 가상의 섬나라를 배경으로 사유 재산이 없고, 모든 시민이 노동에 참여하며, 종교의 자유가 보장되는 이상 사회를 그립니다. 이를 통해 모어는 당시 유럽 사회의 불평등과 부조리를 비판하고, 정의롭고 합리적인 공동체의 모습을 제시했습니다.

이 책에서 그려진 유토피아 사회의 모습은 후대에 공산주의, 사회주의, 민주주의 등 다양한 정치·사회 이념의 사상적 뿌리 중 하나로 평가받습니다. 사유 재산 폐지와 공동 소유, 평등한 노동의 원칙 등은 특히 '유토피아적 사회주의'의 선구적 구상으로 여겨집니다.

저자는 누구인가요?

토머스 모어(Thomas More, 1477~1535년)는 16세기 영국의 정치가이자 법률가, 인문주의 사상가입니다. 런던에서 태어나 옥스퍼드에서 인문학을 공부한 뒤, 법률가 양성 기관인 링컨스 인

(Lincoln's Inn)에서 법학을 수학했습니다. 변호사와 행정관을 거쳐 1529년 잉글랜드의 최고 법관인 로드 챈슬러(Lord Chancellor)에 올랐으며 인문주의자로서 에라스무스와 교류하며 르네상스 인문 정신을 실천했습니다. 1516년 대표작『유토피아』를 발표해 이상 사회의 구상을 제시했으나 헨리 8세의 종교 개혁과 성공회 창설에 반대하다 반역죄로 처형되었습니다.

더 읽어 볼 만한 고전은요?

○ 토머스 홉스,『리바이어던』

  인간 본성과 국가 권력의 관계를 날카롭게 통찰한 정치 철학의 고전

○ 장 자크 루소,『사회계약론』

  시민의 자유와 평등을 위한 사회계약 이론의 출발점

○ 플라톤,『국가』

  정의로운 공동체와 올바른 통치를 향한 철학적 상상과 탐구

이 책을 한마디로 말하면?

#이상사회의조건 #정치와윤리 #현실비판 #유토피아는가능한가 #공동체 #상상된 질서

다른 방식으로 감상해 볼까요?

▶ **중앙선거관리위원회**

  토머스 모어『유토피아』[민주주의를 만나는 시간]

PART
5

길 위의 발견

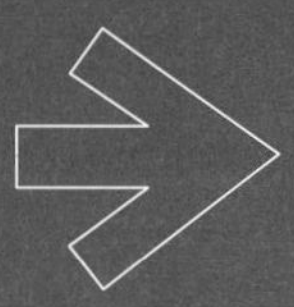

여행과 자연

아는 만큼 슬퍼지고,
슬퍼지는 만큼 행동하게 돼요

**고전
한 줄**

우리는 우리가 잘 아는 것에 대해서만 슬퍼할 수 있다. 실피움(Silphium)이 식물학 책 속 이름에 불과하다면 그것이 사라져도 마음 아플 이유가 없듯, 우리가 거의 알지 못하는 존재의 소멸은 우리에게 아무런 상처를 주지 않는다.

_알도 레오폴드, 『모래 군의 열두 달』

**고전의
지혜**

어떤 숲이 사라졌다는 소식을 들어도 그 숲에 대해 잘 모르면 특별한 감정이 들지 않습니다. 반면에 그 숲이 멧돼지, 청설모, 딱따구리 등 다양한 동물들의 먹이 사슬의 중심이었고, 멸종 위기 동물인 담비의 서식지였다는 사실을 알게 되면, 그 공간은 단순히 '없어진 장소'로 보이지 않습니다. 자연과 환경에 대해 더 많이 알수록 작은 변화에도 관심이 생기고 행동으로 이어지게 됩니다. 자연을 지키려면 먼저 배우고 이해하는 일이 필요합니다. 인간과 자연이 어떤 방식으로 연결되어 왔는지, 지금 무엇이 무너지고 있는지를 아는 것이 좋습니다.

생각해 보기

1. 자연이나 동물을 공부한 뒤 슬퍼지거나 보호하고 싶은 마음이 들었던 순간이 있다면 언제였나요?

2. 최근에 알게 된 자연이나 환경에 관한 정보 중 가장 충격적이었던 것은 무엇인가요?

3. 내가 알고 있는 환경 지식을 누군가에게 이야기한 적이 있나요? 주변 반응은 어땠나요?

오늘의 미션

나의 행동 중 자연에 해를 끼칠 수 있는 습관을 떠올리고 바꾸고 싶은 점을 메모해 보세요.

자연을 돈으로만 대할 수는 없어요

**고전
한 줄**

땅을 어떻게 대해야 바람직한지를 생각할
때, 돈이 되는지만 따지는 건 충분하지 않다.
윤리적인 책임과 아름다움을 느끼는 마음도
함께 고려해야 한다.

_알도 레오폴드, 『모래 군의 열두 달』

**고전의
지혜**

땅을 보면 흔히 '개발할 수 있는 자원'부터 떠올립니다. 이 자리에 건물을 세우면 얼마의 이익이 날지, 산을 깎아 도로를 놓으면 얼마나 편리해질지를 먼저 생각합니다. 물론 땅이 주는 경제적 가치도 중요하지만 그것만으로 자연을 판단하는 것은 좁은 시각입니다. 자연은 생명을 품고 있을 뿐 아니라 그 자체로 사람의 마음을 안정시키는 역할도 합니다. 그래서 자연을 이용할 때는 이익만이 아니라 생명과 조화에 대한 책임도 함께 고려해야 합니다.

생각해 보기

1. 자연을 보면서 '이걸로 돈을 벌 수 있을까?'라고 생각한 적이 있다면 어떤 상황이었나요?

2. 개발된 장소를 보면서 '이건 좀 과했어'라고 느낀 적이 있다면 왜 그렇게 느꼈나요?

3. 평소 좋아하는 자연 장소 하나를 떠올려 보세요. 그곳이 왜 소중하게 느껴지나요?

오늘의 미션

돈과 관련 없는 자연의 가치를 세 가지 찾아서 메모해 보세요.

역사는 사람만의 이야기가 아니에요

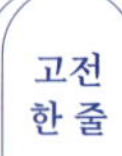

고전
한 줄

우리가 인간의 일로만 여겼던 많은 역사적
사건들은 사실 인간과 자연 사이의 생명적
관계에서 비롯된 일이다.

_알도 레오폴드, 『모래 군의 열두 달』

고전의
지혜

우리는 역사를 사람의 이야기로 배웁니다. 전쟁, 산업, 문명 등
대부분의 사건이 인간의 선택과 행동으로 설명되곤 하지요.
그러나 식량 부족, 가뭄, 전염병처럼 자연이 영향을 끼친 사건
들도 무수히 많습니다. 산을 깎고 숲을 없애며 무리하게 개발
한 뒤, 자연이 인간의 방향을 되돌려놓은 일도 적지 않았습니
다. 사람과 자연은 별개의 존재가 아니라 서로 영향을 주고받
는 생명적 관계 속에 있습니다. 그럼에도 자연을 단순한 배경
처럼 취급하는 인식은 여전히 남아 있습니다. 역사를 제대로
이해하려면 인간만이 아니라 자연도 함께 이끌어 온 이야기였
다는 점을 잊지 말아야 합니다.

생각해 보기

1. 교과서에서 배운 역사 중 자연이나 환경이 영향을 미친 사건이 있다면 어떤 것인가요?

2. 동네의 자연 환경이 바뀌면서 사람들의 생활도 변한 적이 있나요? 구체적으로 어떤 일인가요?

3. 자연을 보며 감탄한 순간이 있다면 그 경험은 내 삶에 어떤 영향을 주었나요?

오늘의 미션

자연도 역사의 주체라는 생각을 친구나 가족에게 이야기해 보고 그 반응을 적어 보세요.

『모래 군의 열두 달』 알도 레오폴드

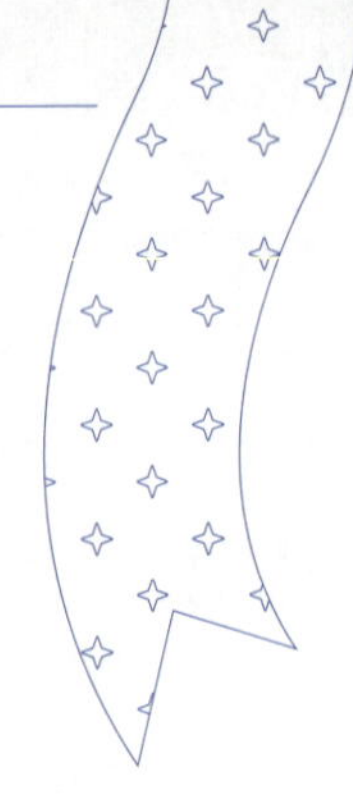

어떤 고전인가요?

『모래 군의 열두 달』은 토착 생태 관찰과 철학적 성찰이 어우러진 환경 수필집입니다. 알도 레오폴드가 직접 가꾸고 보전한 미국 위스콘신주의 '모래 군(Sand County)' 지역을 배경으로 계절마다 변하는 식물과 동물의 모습을 세밀하게 기록하며, '토지 윤리(land ethic)'라는 생태적 책임 철학을 제시합니다. 그는 사냥과 낚시, 산책 중에 마주한 사슴의 발자국, 겨울 강가의 얼음 결, 봄을 알리는 새들의 울음소리 같은 구체적인 풍경 속에서 자연과 인간의 유대감을 이야기합니다. 1949년 출간된 이후 200만 부 이상 판매되었고, 14개 언어로 번역되며 보존 운동 분야의 고전으로 자리 잡았습니다.

이 책은 레오폴드를 '환경 윤리의 아버지'로 불리게 한 대표작으로, 자연과 인간의 관계를 도덕적으로 성찰하게 한 저작으로 평가받습니다. 특히 1970년대 환경 운동과 '지구의 날(Earth Day)' 제정 이후 널리 읽히며, 생태학·보존 정책·환경 윤리에 깊은 영향을 끼친 필독서로 남아 있습니다.

저자는 누구인가요?

알도 레오폴드(Aldo Leopold, 1887~1948년)는 미국 아이오와주 벌링턴에서 태어나 어린 시절부터 강과 숲, 들판에서 자연을 관찰하며 성장했습니다. 예일대학교에서 산림학을 전공한 뒤 미국 산림청에서 근무하며 로키산맥과 남서부 사막 지대, 멕시코 등 다양한 지역의 생태를 조사했습니다. 1924년 미국 최초의 광역 자연보호 구역인 '길라 야생지(Gila Wilderness Area)' 지정을 제안했고, 이후 여러 환경 단체와 학계에서 활동하며 보존 정책 수립과 환경 교육에 힘썼습니다.

더 읽어 볼 만한 고전은요?

○ 도넬라 메도즈 외, 『성장의 한계』

　지구 자원이 한계에 다다랐다는 경고를 담은 인류 미래 보고서

○ 테오 콜본 외, 『도둑맞은 미래』

　환경 오염이 인체에 미치는 영향을 밝혀낸 충격적인 과학 이야기

○ 제러미 리프킨, 『엔트로피』

　자연과 사회가 왜 붕괴되는지를 에너지 관점에서 풀어낸 철학적 탐구

이 책을 한마디로 말하면?

#토지윤리 #생명공동체 #환경윤리의고전 #자연과의공존 #생태적사유 #알도레오폴드

다른 방식으로 감상해 볼까요?

▶ **녹색연합**

　귀가 쫑긋 환경책 - 『모래 군의 열두 달』

작은 배려와 사랑으로
세상은 아름다워집니다

고전
한 줄

동물에게도 너그럽게 베풀면
세상이 은혜로워지고,
그 혜택이 돼지와 물고기까지 전해져
온 세상이 따뜻해진다.

_일연, 『삼국유사』

고전의
지혜

친절은 물결처럼 번집니다. 작은 동물 하나를 돌보는 일은 그 생명이 안전하게 살아갈 터전을 지키는 일이 되고, 그 터전은 또 다른 생명을 품어 줍니다. 길가에 떨어진 먹이를 한쪽으로 치워 새들이 안전하게 먹을 수 있도록 하거나, 더운 날 마실 수 있는 물을 놓아 두는 작은 배려들은 큰 변화를 만듭니다. 이렇게 퍼져 나간 온기는 결국 사람과 세상에도 전해집니다. 동물을 아끼듯 친구를 아끼는 마음은 세상을 더 건강하고 아름답게 만듭니다. 결국 세상을 넉넉하게 만드는 힘은 거창한 행동이 아니라 매일 동물에게 건네는 작은 배려와 사랑입니다.

생각해 보기

1. 최근에 동물을 위해 한 작은 행동이 있나요?

2. 사람들이 동물에게 더 너그러워지면 세상은 어떻게 달라질까요?

3. 자주 가는 곳(학교, 집 주변 등)에서 동물을 위해 할 수 있는 일은 무엇인가요?

오늘의 미션

동물을 위한 작은 배려 한 가지를 실천해 보세요. 예를 들어, 뜨거운 날 시원한 물을 두거나 위험한 곳에 있는 먹이를 안전한 곳으로 옮기는 것처럼 간단한 일부터 시작해 보세요. 그리고 그 경험을 짧게 기록해 보세요.

마음이 모이면
변화를 끌어낼 수 있어요

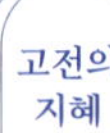

**고전
한 줄**

여러 사람이 한마음으로 하는 말은
무쇠처럼 단단한 것도 녹일 수 있다고 했다.
그만큼 힘과 뜻이 모이면
쉽게 변하지 않을 것 같던 마음이나 상황도
바뀔 수 있다.

_일연, 『삼국유사』

**고전의
지혜**

학교에서 혼자 주장하면 그냥 의견일 수 있지만 친구 몇 명이
함께 이야기하면 선생님도 귀를 기울이게 됩니다. 반 친구들
이 힘을 합쳐 규칙을 바꾸거나 단체로 봉사 활동을 기획했을
때 더 쉽게 이루어지는 것도 같은 이유예요. 여러 사람이 같은
마음으로 말하면 단단하게 굳어 있던 생각이나 분위기도 바꿀
수 있습니다. 중요한 건 그 힘을 좋은 방향으로 쓰는 거예요.
서로를 돕고 문제를 해결하는 말이라면 그 힘은 더 큰 변화를
만들어 낼 수 있습니다.

생각해 보기

1. 친구들과 힘을 모아 건의하거나 부탁해서 좋은 결과를 얻은 적이 있나요?

2. 여럿이 한목소리를 내면 왜 더 설득력이 생길까요?

3. 내가 속한 모둠이나 반에서 함께 바꾸고 싶은 일은 무엇인가요?

오늘의 미션

최근 학교나 동아리에서 바꾸고 싶은 점을 하나 떠올려 보세요. 그리고 그 생각에 공감하는 친구 2~3명에게 이야기해 보고, 어떻게 하면 함께 목소리를 낼 수 있을지 계획을 적어 보세요.

중요한 건 겉치레가 아니라 진심이에요

고전 한 줄

정성과 마음은 형편에 맞춰야 한다.
아무리 좋은 일이라도 무리해서 준비하면
복이 아니라 오히려 문제를 부를 수 있다.
겉모습이 화려해도 그 과정이 힘들다면
진심이 흐려진다.

_일연, 『삼국유사』

고전의 지혜

예전에는 제사를 크게 지내야 복이 온다고 믿는 사람들이 많았습니다. 형편에 맞지 않게 과하게 치르는 제사는 복이 되기는커녕 오히려 집안 살림을 어렵게 했지요. 지금으로 치면 친구의 생일이나 반 축제를 준비하면서 너무 비싼 선물이나 화려한 장식을 하느라 많은 돈을 지불하는 경우와 비슷합니다. 겉으로는 멋져 보일 수 있지만 준비하는 사람은 힘이 들고 마음이 불편해지기도 합니다. 중요한 것은 크기나 겉모습이 아니라 그 안에 담긴 진심이에요. 형편에 맞게 준비하면 부담 없이 즐길 수 있고, 그 마음이 오래도록 따뜻한 기억으로 남습니다.

생각해 보기

1. 누군가를 위해 무리해서 준비했던 경험이 있나요? 결과는 어땠나요?

2. 작은 준비였지만 진심이 느껴져서 감동했던 적이 있나요?

3. 지금 나의 형편에 맞게 준비할 수 있는 '마음 전하기' 방법은 무엇일까요?

오늘의 미션

앞으로 있을 약속이나 모임을 떠올려 보세요. 무리하지 않으면서도 상대가 진심을 느낄 수 있으려면 어떻게 해야 할까요? 한 가지만 적어 보세요.

『삼국유사』 일연

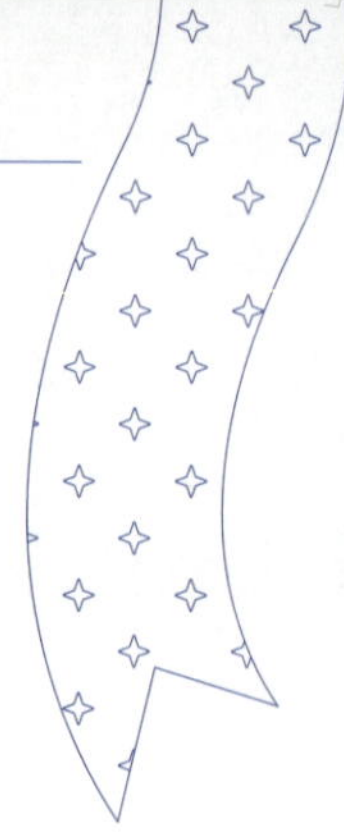

어떤 고전인가요?

『삼국유사』는 고려 시대의 승려 일연이 편찬한 역사서로 삼국시대(고구려, 백제, 신라)의 역사뿐 아니라 고대 신화, 전설, 불교 이야기 등 다양한 내용을 담고 있습니다. 『삼국사기』가 왕조 중심의 정사(正史) 형식을 따른 것과 달리, 『삼국유사』는 설화와 민간전승, 불교적 색채가 짙어 당시 사람들의 세계관과 가치관, 종교적 믿음을 생생하게 엿볼 수 있습니다.

이 책에는 단군 신화, 연오랑과 세오녀, 미륵불 이야기 등 한국 고대 문화의 뿌리를 보여 주는 이야기가 풍부하게 실려 있습니다. 역사적 사실만이 아니라 민중의 상상력과 신앙이 함께 기록되어 있어 단순한 역사서를 넘어 민족의 기원과 정체성에 대한 이해를 넓혀 줍니다. 오늘날에도 한국 고대사 연구의 중요한 자료로 활용되며, 우리 문화유산의 정서와 사상을 깊이 이해하는 데 도움을 주는 고전으로 평가받고 있습니다.

저자는 누구인가요?

일연(一然, 1206~1289년)은 고려 시대의 승려이자 역사서 『삼국유사』를 편찬한 인물입니다. 어려서부터 불교를 공부했으며 평생을 승려로 살면서 수행과 학문에 바쳤습니다. 나라가 몽골 침입으로 혼란스러웠던 시기에 사라져 가는 옛이야기와 기록을 남기기 위해

『삼국유사』를 집필했습니다. 왕과 귀족 중심의 역사에서 벗어나 민간에 전해 내려오던 신화와 전설, 불교 설화를 함께 기록함으로써 후대가 고대의 문화와 정신을 이해할 수 있도록 했습니다.

더 읽어 볼 만한 고전은요?

○ 김부식, 『삼국사기』

유교적 시각으로 본 고대 한국사, 철저한 정사 편찬의 노력

○ 정인지 외, 『고려사』

고려 500년의 영광과 혼란을 기록한 조선 초기에 완성된 고려의 역사서

○ 이승휴, 『제왕운기』

우리 민족의 역사가 중국보다 앞섰다고 선언한 자주적 역사서

○ 박시백, 『조선왕조실록』

조선 500년 왕들의 이야기를 국민의 시선에서 새롭게 읽어 낸 역사 만화

이 책을 한마디로 말하면?

#우리신화의뿌리 #단군신화 #역사속설화 #고대한국문화 #일연의기록 #불교와역사

다른 방식으로 감상해 볼까요?

▶ 일상의인문학

『삼국유사』를 따라 떠나는 스토리가 있는 경주 여행

세상에 풀지 못하는
문제는 없어요

**고전
한 줄**

사람이 만든 문제라면
결국 사람이 그 답을 찾을 수 있다.

_아서 코넌 도일, 『셜록 홈스』

**고전의
지혜**

때로는 세상이 너무 복잡하고 어려워 보이지만 결국 이 모든 것은 사람이 만든 구조예요. 사람이 만든 것이니 사람의 힘으로 다시 풀 수 있다는 믿음이 필요합니다. 수학 공식도 누군가가 고민 끝에 만든 것이고, 인간관계에서 생긴 오해도 대화라는 방법으로 풀 수 있잖아요. 내 감정이 꼬일 때도 그 감정을 찬찬히 들여다보면 실마리가 보이기 시작하고요. 그래서 미리 '이건 나에게 너무 힘든 일이야' 따위의 생각은 하지 않기를 바라요. 답은 멀리 있는 게 아니라 이미 내가 알고 있는 곳에 분명히 있습니다.

생각해 보기

1. 스스로 해결했던 문제 중 가장 기억에 남는 일은 무엇인가요?

2. 문제를 해결하기 위해 바꿔야 했던 내 태도나 습관은 무엇인가요?

3. 지금 해결하고 싶은 고민은 무엇이며 어떻게 접근해 보고 싶나요?

오늘의 미션

최근에 해결한 일이 있다면 그 과정을 글로 정리해 보세요.

추측에 빠지면 진실에서 멀어져요

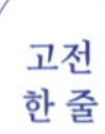

고전
한 줄

자료 없이 먼저 이론을 세우면 사실을 있는
그대로 보지 못하고 오히려 이론에 맞추게 된다.
그래서 결론을 내리기 전에는 다양한 가능성을
차분히 살펴보아야 한다.

_아서 코넌 도일, 『셜록 홈스』

고전의
지혜

추측은 사고를 빠르게 하지만 진실을 흐리게 만들기도 해요. 근거보다 상상이 앞서면 보이는 것조차 다르게 느껴질 수 있어요. 어떤 문제든 먼저 정확하게 보고 충분히 알아본 다음에 판단해야 해요. 예를 들어, 친구가 무표정한 얼굴을 하고 있다고 해서 화났다고 단정하면 오해가 생길 수 있어요. 그 친구는 아침에 어떤 좋지 않은 일이 생겨서 그럴 수도 있고, 다른 생각을 하던 것일 수도 있어요. 겉보다는 상황 전체를 차분히 살펴보는 습관이 더 깊고 정확한 이해로 이어질 수 있어요.

생각해 보기

1. '이럴 거야'라고 단정했다가 결과가 전혀 달랐던 경험이 있나요?

2. 추측에만 의존하지 않고 확인하는 습관을 들이기 위해 무엇을 실천하고 있나요?

3. 누군가에 대해 잘못된 선입견을 가진 적이 있다면 지금은 어떻게 바뀌었나요?

오늘의 미션

뉴스에서 제목만 보지 말고 기사 본문을 끝까지 읽어 보세요.

관찰은 생각의 첫걸음이에요

**고전
한 줄**

많은 사람이 보기는 하지만
관찰하지는 않는다.

_아서 코넌 도일, 『셜록 홈스』_

**고전의
지혜**

사람들은 주변을 바라보지만 실제로는 거의 관찰하지 않습니다. 관찰이란 단순히 보는 것을 넘어 그 안에 숨은 의미와 연결을 찾는 과정입니다. 셜록 홈스가 평범한 장면에서 단서를 찾아내듯 우리의 일상도 세밀한 관찰을 통해 새로운 통찰로 이어질 수 있습니다. 예를 들어, 시험 문제에서는 질문의 숨은 의도를 읽고, 친구의 고민에서는 말보다 표정을 먼저 살피는 태도가 필요합니다. 세상을 깊이 이해하고 싶다면 보는 데서 멈추지 말고 관찰하는 눈을 키워 보세요.

생각해 보기

1. 친구의 감정을 말이 아닌 표정이나 행동으로 알아차린 경험이 있나요?

2. '자세히 보니 다르더라'라고 느낀 경험이 있다면 어떤 것인가요?

3. 나만의 '관찰 노트'를 만든다면 어떤 내용을 담고 싶나요?

오늘의 미션

교과서나 문제집에서 문제 하나를 골라 질문의 의도를 파악하는 연습을 해 보세요.

『셜록 홈스』 아서 코넌 도일

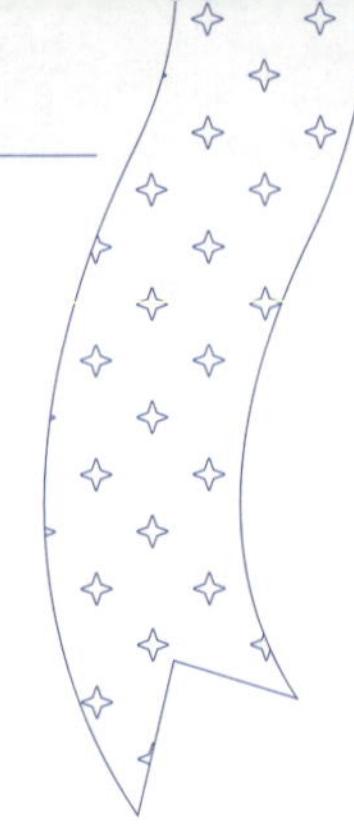

어떤 고전인가요?

『셜록 홈스』 시리즈는 19세기 말 영국의 작가 아서 코넌 도일이 발표한 추리 소설로, 천재 탐정 셜록 홈스와 그의 동료 왓슨 박사의 활약을 그립니다. 날카로운 관찰과 논리, 치밀한 분석으로 사건의 실마리를 풀어 가는 이들의 방식은 신선했고, 이후 전 세계 탐정 소설의 전형을 만드는 데 큰 영향을 끼쳤습니다. 작품들은 방대한 시리즈를 이루며 '셜록 홈스'라는 이름을 추리와 이성의 상징으로 만들었습니다.

이 시리즈는 단순히 범죄를 해결하는 과정을 뛰어넘어 범행의 배경과 인물의 심리, 빅토리아 시대 영국 사회의 모습을 함께 그려 냅니다. 덕분에 독자들은 사건의 전말뿐 아니라 그 시대 사람들의 생활과 가치관까지 엿볼 수 있습니다. 셜록 홈스와 왓슨의 개성 있는 관계, 예상치 못한 반전, 세밀한 묘사는 오늘날까지 영화, 드라마, 연극, 라디오극 등 다양한 매체로 재탄생하며 변함없는 사랑을 받고 있습니다.

저자는 누구인가요?

아서 코넌 도일(Arthur Conan Doyle, 1859~1930년)은 영국의 소설가이자 의사로 세계에서 가장 유명한 탐정 셜록 홈스를 창조한 작가입니다. 스코틀랜드에서 태어나 의학을 전공했으며, 환자를 기다리는 한가한 시간에 소설을 쓰기 시작했습니다. 뛰어난 관찰력과 논리적인 전개는 그의 의사 경험과도 관련이 있습니다. 『셜록 홈스』 시리즈의 성공으로 세계적인 명성을 얻었고 역사 소설, 과학 모험담, 전기 등 다양한 장르의 작품도 남겼습니다.

더 읽어 볼 만한 고전은요?

- 모리스 르블랑, 『결정판 아르센 뤼팽 전집』
  변장의 천재가 펼치는 통쾌한 반전의 연속
- 에드거 앨런 포, 『모르그 거리의 살인 사건』
  근대 추리 소설의 문을 연, 이성과 관찰의 힘이 빚어낸 첫 걸작
- 애거사 크리스티, 『오리엔트 특급 살인』
  밀실 속 용의자들 사이에서 벌어지는 숨 막히는 추리극

이 책을 한마디로 말하면?

#추리의원조 #셜록홈스 #왓슨의기록 #지적스릴 #탐정소설의고전 #논리적사고력

다른 방식으로 감상해 볼까요?

▶ 이책들어봤니
[셜록 홈스의 사건집 연속 듣기] 마지막 셜록 홈스 단편 시리즈!

▶ tvN '유 퀴즈 온 더 블럭'
'괴도 뤼팽'의 마지막 원고를 찾아 프랑스까지 찾아 간 열정

길을 잃지 않게 해 주는 건
내 안의 별이에요

사람들이 뭐라고 하든
당신은 자신만의 별을 따라가야 한다.

_단테 알리기에리, 『신곡』

살다 보면 이유 없는 비난이나 질투 섞인 말들에 마음이 흔들릴 때가 있어요. '왜 내가 이런 말을 들어야 하지?' 싶은 순간도 분명 있지요. 그런 말에 너무 신경 쓰다 보면 내가 가고 싶은 방향까지 놓치게 돼요. 예를 들어, 음악을 좋아해서 열심히 연습하는데 "그건 돈 안 되는 일이야" 같은 말을 들으면 자신감이 흔들릴 수 있어요. 이럴 때는 다른 사람의 말보다 나만의 기준을 믿는 연습이 필요해요. 꼭 대단한 신념이 아니더라도 '나는 이게 좋아'라는 마음 하나면 충분해요. 여러분 마음속에 있는 별이 안내하는 방향으로 천천히 걸어가 보세요.

생각해 보기

1. '이 길이 맞을까?' 고민이 들 때 어떻게 확신을 찾아가나요?

2. 지금 삶에서 '내가 진짜 원하는 것'과 '주변에서 기대하는 것'은 어떻게 다른가요?

3. 누군가의 비난이나 험담 때문에 나의 행동을 바꾼 적이 있다면 지금은 어떤 느낌이 드나요?

오늘의 미션

내가 원하는 것과 주변의 기대가 다를 때 어떻게 행동할지 한 가지 방법을 정하고 글로 적어 보세요.

조금만 더 가면
기쁨이 여러분을 반길 거예요

**고전
한 줄**

조금만 더 가면 기쁨과 영광이 산 너머에서 기다리고 있는데, 정말 그렇게 쉽게 포기할 것인가? 이제 우리의 마음이라는 작은 배는 더 나은 물결을 향해 돛을 올렸으니, 앞으로 나아갈 시간이다.

_단테 알리기에리, 『신곡』

**고전의
지혜**

목표를 향해 가다 보면 가장 힘들고 포기하고 싶은 순간이 찾아와요. 그 고비는 종종 '끝이 가까웠다'는 신호이기도 하지요. 체육 시간에 오래달리기를 할 때 경험해 봤을 거예요. 결승선이 보일 때 다리가 가장 무겁고 숨이 가장 가빠 오잖아요. 막막해 보여도 그 순간을 넘기면 빛이 보이기 시작해요. 지금은 앞으로 갈 힘이 부족해 보이더라도 실제로는 마지막 한 걸음을 준비하고 있는 중일지도 몰라요. 잠시 멈추거나 천천히 가도 괜찮아요. 하지만 완전히 포기하지 않는다면 여러분은 결국 원하는 곳에 닿을 수 있어요. 지금 이 순간이 바로, 기쁨이 여러분을 향해 다가오고 있는 순간입니다.

생각해 보기

1. 아주 힘들었지만 끝까지 포기하지 않고 해 낸 일이 있나요? 그때 무엇이 여러분을 버티게 했나요?

2. 친구나 가족이 포기하려고 할 때 어떤 말을 해 주고 싶었나요?

3. 포기를 선택한 일 중 시간이 지나고 나서 후회한 적이 있다면 어떤 일인가요?

오늘의 미션

힘들 때 꺼내 볼 수 있는 자신만의 응원 문장을 만들어 보세요.

괜찮아요,
반성은 이미 한 걸음이에요

**고전
한 줄**

자신의 잘못을 인정하고 부끄러워하는
것만으로도 그 잘못은 이미 사라지고 있다.
그러니 더 이상 스스로를 괴롭히지 않아도
괜찮다.

단테 알리기에리, 『신곡』

**고전의
지혜**

살다 보면 사소한 실수나 말실수로 인해 스스로에게 화가 날
때가 있어요. '왜 그런 말을 했을까?', '조금만 더 조심할걸' 하
며 자책하게 되지요. 하지만 진심으로 부끄러움을 느끼고 다
시는 그러지 않겠다고 마음먹는 순간, 그 실수는 당신을 괴롭
히는 기억이 아니라 당신을 성장시키는 밑거름이 됩니다. 완
벽하지 않았다는 사실보다 더 나아지려는 태도가 훨씬 더 중
요한 거예요. 모든 게 한 번에 해결되지 않아도 괜찮아요. 반
성하는 마음 안에서 우리는 서서히 더 나은 사람이 되어 가니
까요. 이미 당신은 한 걸음 나아가고 있어요. 그러니 너무 오래
자신을 미워하지 않아도 괜찮습니다.

생각해 보기

1. 사소한 실수이지만 오랫동안 마음에 남은 일이 있다면 어떤 일인가요?

2. 작은 실수라도 진심으로 사과한 뒤 관계가 더 좋아진 경험이 있다면 무엇인가요?

3. 반성은 했지만 다른 사람은 여전히 나를 탓할 때 어떻게 반응하나요?

오늘의 미션

내가 저질렀던 사소한 실수 중 하나를 기록하고 다시 반복하지 않기 위한 다짐을 써 보세요.

『신곡』 단테 알리기에리

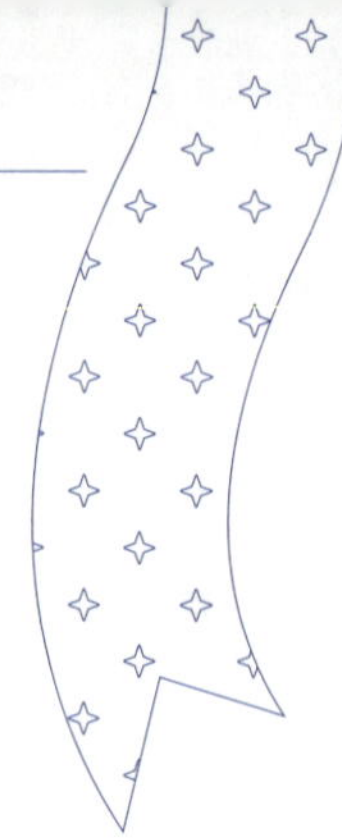

어떤 고전인가요?

『신곡』은 이탈리아 시인 단테 알리기에리가 중세 말기에 쓴 장편 서사시로 '지옥-연옥-천국'을 여행하는 형식으로 구성되어 있습니다. 각 부분은 33곡으로 이루어졌으며, 여기에 서장 1곡이 더해져 전체가 100곡을 이루어 삼위일체를 상징하는 구조적 완성미를 보여 줍니다. 이 작품은 라틴어 대신 당시 피렌체를 중심으로 한 토스카나 방언으로 쓰여 훗날 현대 이탈리아어의 기초가 되었습니다. 단테는 이 방언으로 서사시의 장엄함과 철학적 사유를 모두 담아냈고, 덕분에 『신곡』은 학문과 종교를 넘어 대중에게도 널리 읽히는 문학이 되었습니다.

저자는 이 여정을 통해 죄와 구원, 인간의 자유 의지, 신의 정의와 자비를 탐구합니다. 여정 속에서 단테가 만나는 인물들은 고대와 중세의 실제 인물부터 신화 속 존재까지 다양하며, 그들의 삶과 선택은 인간의 본성과 도덕에 대한 깊은 질문을 던집니다. 『신곡』은 단순한 종교적 묵상에 그치지 않고, 철학과 문학, 역사와 신학이 총체적으로 결합된 지적 성취이자 예술적 정점입니다. 개인의 구원을 향한 내면의 기록이자 중세에서 르네상스로 향하는 사상적 전환의 현장을 보여 주는 작품으로 오늘날까지 세계 문학의 최고 걸작 중 하나로 꼽힙니다.

저자는 누구인가요?

단테 알리기에리(Dante Alighieri, 1265~1321년)는 이탈리아 피렌체에서 태어나 젊은 시절부터 문학과 정치 활동에 참여했습니다. 당시의 격렬한 정쟁 속에서 반대파에 의해 1302년 추방을 선고받은 뒤 고향으로 돌아가지 못하고 이탈리아 여러 도시를 전전하며 삶을 이어 갔습니다. 망명 기간에도 폭넓은 독서와 사유를 멈추지 않았고, 사회와 인간에 대한 관찰을 바탕으로 자신의 세계관을 집대성한 서사시를 완성했습니다.

더 읽어 볼 만한 고전은요?

○ 알렉산드르 푸시킨, 『예브게니 오네긴』

시처럼 흘러가는 운문 소설, 청춘과 사랑의 복잡한 감정을 담아낸 작품

○ 존 밀턴, 『실낙원』

인간의 타락과 구원을 장대한 시로 그려 낸 기독교 대서사시

○ 루도비코 아리오스토, 『광란의 오를란도』

기사도와 마법이 어우러진 환상적인 사랑과 모험의 이야기

이 책을 한마디로 말하면?

#구원의여정 #단테의서사시 #중세와르네상스 #철학과신학 #인류정신사

다른 방식으로 감상해 볼까요?

▶ 레만
이탈리아 강력 추천 여행지 단테의 길 여행 코스에 다녀왔습니다!

자연은 우리의 이웃입니다

고전 한 줄

"자연을 통제한다"는 말은 생물학과 철학의
네안데르탈 시대에 생겨난 오만한 표현이다.
이 말은 마치 자연이 인간의 편의를 위해
존재하는 것처럼 여기게 만든다.

_레이철 카슨, 『침묵의 봄』

고전의 지혜

우리는 종종 "어떤 산이나 강을 개발해야 해", "공장을 짓기 위해 저수지를 메워야 해" 같은 말을 듣습니다. 레이철 카슨은 이런 생각이 아주 오래전부터 이어진 오만한 태도라고 말합니다. 자연은 인간의 편의를 위해 존재하고 필요에 따라 이용해도 된다는 생각은, 결국 자연을 해치고 그 피해는 다시 우리 삶으로 되돌아옵니다. 실제로 우리는 산을 깎고, 강을 막고, 바다를 오염시키며 기후 위기, 미세 먼지, 자연재해와 같은 재앙을 겪고 있지요. 자연은 통제의 대상이 아니라 우리와 함께 살아가는 이웃입니다.

생각해 보기

1. 오늘 한 행동 중 자연에 해가 된 게 있나요?

2. 동물을 '우리와 같은 생명'이라고 느낀 순간이 있다면 언제였나요?

3. '이건 좀 불편해도 참자'라고 생각하며 자연을 위해 참았던 경험이 있다면 어떤 상황이었나요?

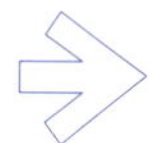

오늘의 미션

오늘 소비한 자원 중 가장 많이 사용한 것을 하나 적어 보고 어떻게 줄일 수 있는지 방법을 생각해 보세요.

슬그머니 다가오는 위험이
더 무서워요

**고전
한 줄**

인간은 천성적으로 눈에 잘 띄는 병에만
관심을 둔다. 그러나 진짜 무서운 병은 슬그머니
다가오는, 눈에 잘 보이지 않는 병이다.

_레이철 카슨, 『침묵의 봄』

**고전의
지혜**

우리는 눈앞에 뚜렷한 위험이 보일 때만 반응합니다. 복도에
서 누가 갑자기 쓰러지면 놀라지만, 친구가 며칠째 말이 없거
나 교실 공기가 답답해도 대부분 그냥 지나칩니다. 하지만 실
제로 더 무서운 문제는 조용히, 천천히 다가오는 경우가 많습
니다. 건강 이상도 처음에는 가벼운 두통이나 피로처럼 느껴
지고, 친구와의 갈등도 대수롭지 않게 넘긴 말 한마디에서 시
작됩니다. 지금 당장은 괜찮다고 생각해도 사소한 이상을 반
복해서 무시하면 나중엔 돌이킬 수 없는 상황이 벌어질 수 있
습니다. 작고 불편한 징후일수록 더 빨리 눈여겨보고 행동하
는 태도가 필요합니다.

생각해 보기

1. 처음에는 별일 아닌 줄 알았는데 나중에 크게 문제가 된 일이 있었나요?

2. 미세 먼지나 환경 오염처럼 눈에 잘 보이지 않지만 나에게 해가 될 수 있는 건 무엇인가요?

3. 미리 대비했더라면 피할 수 있었던 일은 무엇인가요?

오늘의 미션

'괜찮겠지' 하고 넘기려 한 행동을 멈추고 그게 정말 괜찮은지 다시 생각해 보세요.

잡초는 쓸모없는 풀이 아니에요

**고전
한 줄**

우리가 함부로 없애 버리는 식물들은 사실
건강한 땅을 유지하는 데 꼭 필요한 역할을 한다.
흔히 '잡초'라는 이름으로 무시되는 이런 식물
군락은 땅의 상태를 알려 주는 지표다. 그런데
화학 제초제를 사용하면 이런 유용한 기능들이
모두 사라진다.

_레이철 카슨, 『침묵의 봄』

**고전의
지혜**

어떤 친구를 보고 '내 스타일 아니야', '좀 별로야'라고 쉽게 판
단할 때가 있습니다. 말투가 낯설거나 옷차림이 튀면 그 사람
의 말이나 행동까지 무시해 버리기도 하지요. 마치 잡초처럼
요. 겉보기에는 쓸모없어 보여도, 잡초는 실제로 땅의 균형을
지켜 주는 역할을 합니다. 무작정 없애면 오히려 토양이 더 약
해집니다. 학교생활도 마찬가지입니다. 조금 다르다고 해서
누군가를 배제하거나 얕보는 태도는 결국 학급 전체 분위기를
무너뜨릴 수 있습니다. 눈에 띄지 않아도 조용히 자기 역할을
다하는 친구가 꼭 있습니다. 기준은 다를 수 있지만 쓸모없는
사람은 없습니다.

생각해 보기

1. 혹시 겉모습만 보고 쓸모없다고 판단한 것(사람이나 물건 등)은 없었나요?

2. 학교나 집 주변에 자라는 풀들을 자세히 살펴본 적이 있나요? 그중 아는 이름이 있나요?

3. 자연에서 "쓸모없는 존재는 없다"라는 말에 동의하나요? 그 이유는 무엇인가요?

오늘의 미션

학교나 집 근처에 자라는 풀 중에서 '잡초'라고 생각했던 식물을 하나 관찰하세요. 이름을 찾아보거나 어떤 특징이 있는지 기록해 보세요.

『침묵의 봄』 레이철 카슨

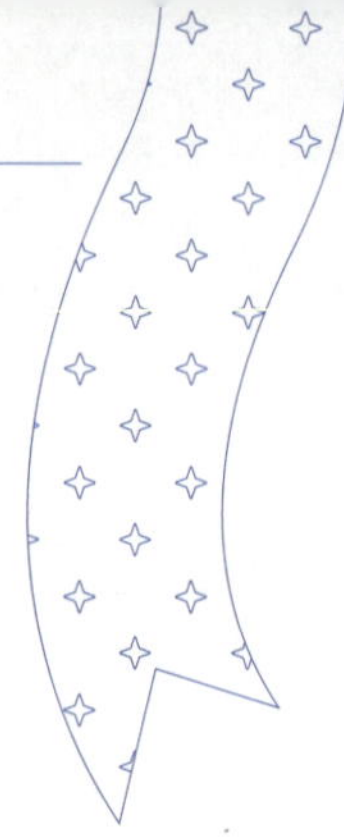

어떤 고전인가요?

『침묵의 봄』은 해양생물학자이자 과학 저술가인 레이철 카슨이 1962년에 발표한 환경 고전입니다. 카슨은 DDT를 비롯한 합성 농약이 해충뿐 아니라 새, 물고기, 곤충 등 다양한 생물에까지 치명적인 피해를 준다는 사실을 방대한 조사와 과학적 근거를 바탕으로 밝혔습니다. 그는 먹이 사슬과 생태계의 상호 의존성을 강조하며, 한 부분의 파괴가 결국 인간을 포함한 전체 생명망에 위기를 초래한다는 점을 설득력 있게 경고했습니다. 제목의 '침묵'은 농약 중독으로 인해 봄에도 새소리가 들리지 않는 황폐한 자연을 상징합니다.

이 책은 출간과 동시에 큰 사회적 파장을 일으켰습니다. 농약 산업과 일부 정치인들의 강력한 반발에도 불구하고, 『침묵의 봄』은 미국 대중과 정책 입안자들의 의식을 바꾸어 환경 보호 법안 제정과 DDT 사용 금지로 이어졌습니다. 더 나아가 전 세계 환경 운동의 도화선이 되었으며, 1970년 '지구의 날'이 제정되는 데 결정적인 계기를 마련했습니다. 오늘날에도 이 책은 과학적 엄밀함과 문학적 표현력을 겸비한 환경 고발서로 읽히며 인류가 자연과 맺는 관계를 근본적으로 성찰하게 하는 불후의 고전으로 자리매김했습니다.

저자는 누구인가요?

레이철 카슨(Rachel Carson, 1907~1964년)은 미국 펜실베이니아주 출신의 해양생물학자이자 과학 저술가입니다. 펜실베이니아 여성대학교에서 생물학을 전공하고 존스홉킨스대학교에서 해양생물학을 연구했습니다. 이후 미국 어류·야생동물국에서 근무하며 대중에게 과학 지식을 쉽고 생생하게 전달하는 글쓰기로 주목받았고, 이를 바탕으로 『우리를 둘러싼 바다』 등 여러 해양 과학서를 집필했습니다.

더 읽어 볼 만한 고전은요?

○ 제임스 러브록, 『가이아: 살아 있는 생명체로서의 지구』
  지구를 살아 있는 유기체로 바라보는 혁신적인 자연관

○ 폴 콜린보, 『왜 크고 사나운 동물은 희귀한가』
  자연의 다양성과 멸종의 원리를 탐구한 생태학적 통찰

이 책을 한마디로 말하면?

#환경운동의시작 #자연의경고 #지구의목소리 #생태계보호 #기후위기 #레이철카슨 #살충제경고

다른 방식으로 감상해 볼까요?

▶ 사피엔스 스튜디오
  새소리도 없이 고요한 침묵의 봄, 인간의 욕심이 빚어낸 끔찍한 환경 오염

100문장으로 쓰고 배우는
청소년 필수 고전
© 박균호

초판 1쇄 인쇄 2025년 11월 25일
초판 1쇄 발행 2025년 11월 30일

지은이 박균호
펴낸이 오혜영
교정교열 한아름
디자인 조성미
마케팅 한정원

펴낸곳 그래도봄
출판등록 제2021-000137호
전화 070-8691-0072
팩스 02-6442-0875
이메일 book@gbom.kr
홈페이지 www.gbom.kr
블로그 blog.naver.com/graedobom
인스타그램 @graedobom.pub

ISBN 979-11-92410-61-6 43800